세이버링으로 음미한
숲은 맛있다

사진기자가 발로 쓴 주변 식물의 생태·인문학적 숲해설

세이버링으로 음미한

숲은 맛있다

글·사진 이범석

청파랑

숲은 어떤 맛일까?

처음에 나는 바보였다.

숲을 공부하는 동료들 속에서 쑥부쟁이와 구절초도 구별하지 못하는, 안도현의 시 '무식한 놈'이 바로 나였다.

2018년 봄, 그때의 자극이 컸기 때문일까. 숲해설가 자격을 획득하고 방송통신대에서 농학을 공부하고, 다시 서울대 평생대학원을 거쳐 산림치유사 2급 자격을 얻었다. 5년을 쉼 없이 달려왔다. 무엇보다 양평의 숲 학교에서 익힌 감성 해설이 나를 이 세계로 인도했다. 식물을 대할 때 이름을 알려고 하기보다 먼저 친해져야 한다는 가르침이 나무이름, 꽃이름에 어리숙한 나를 용기있게 만들었다. 요모조모 살피면서 얻은 느낌을 사람들과 나누는 것, 그것을 '세이버링'savoring이라고 했다. 세이버링은 '음미하다', '향유하다'로 풀이되지만 의미가 온전치는 않다. 잠시 스치는 쳐다봄이 아니라 눈높이에서 대면하면서 얻은 이야기를 타인과 공감하는 차원으로 확장한 개념이다.

심리학에서 긍정적인 유스트레스eustress를 고양하는 방식으로 세이버링이 사용된다. 일례가 글쓰기나 정원 가꾸기다. 와인을 시음한 후 그림을 그리듯 향미를 표현하는 능력, 예를 들면, 쪽빛 하늘과 에메랄드빛 항구에서 은은한 첼로의 선율과 체리 향을 추출하는 것, 그런 것이 세이버링이다. 마찬가지다. 식물에서 기분 좋은 일을 회상하고 현재의 순간을 충만하게 느끼면서 인연과 기대, 환희와 여운 이런 것들을 오버랩하면 가슴 안에 침잠해 있던 원초적인 감각이 되살아난다. 숲의 진정한 맛과 멋은 그때 느낄 수 있다.

그런 면에서 세이버링은 바이오필리아, 생명 사랑이다. 사랑하는 대상에게서 느끼는 감정이므로 관찰을 통한 체험이 동반되어야 맛이 우러난다. 몸과 마음 일체가 느긋해지면서 행복 호르몬, 세로토닌이 자신을 휘감을 때 비로소 숲의 맛을 알 것이다.

풀과 나무들! 그리고 숲에 존재하는 모든 것. 생각해보면 지구를 지탱하는 것들 아닌가. 그중에서 나는 '주변에서 자주 볼 수 있는 식물'에 관심을 두었다. 환경의 변화가 극심한 인간의 마을 근처에서 터를 잡고 살아가려면 나름대로 특기가 있지 않았을까?

이 책에 수록한 이야기는 수년간에 걸쳐 관찰한 결과물이다. 현업에서의 치열하고 집요했던 취재 습관이 큰 도움이 되었다. 세이버링에는 밤낮의 구애가 없었다. 그들은 머물러 있는 듯했지만, 움직임은 신속했으며 정교했다. 온도와 환경에 맞추어 변화하는 삶의 궤적을 따라가며 기특하고도 장함에 탄복하기를 거듭하는 동안 나의 필기 노트는 늘어만 갔다.

계절과 환경, 상황에 적응하는 합목적적인 미세한 움직임에서 우주를 느끼며 명상을 했다. 식물의 사생활을 들여다보면서 나도 모르는 어떤 느낌이 새록새록 솟았다. 오래도록 함께하면서 대화가 가능해졌다. 어제 보지 못했던 것이 오늘 보였으며, 아침과 오후의 모습이 달랐다. 그들이 내게 벗은 모습을 보이는 것은 말을 걸어오는 것이나 다름없었다. 내가 만난 숲, 푸나무들의 일상은 죽은 듯한데 살아나고, 멈춘 듯한 데 자라 있었다. 왜 이렇게 생긴 거지? 그럼 꽃 진 후엔? 질문과 의문은 쌓여만 갔다. 호기심에 사로잡혀 밤낮없이 다시 그들에게 달려갔다. 아뿔싸, 지고 난 다음에야 생긴 궁금증은 후년으로 미뤄 반드시 채워나갔다. 생태순환의 함성이 귓전을 때렸다. 어둠을 맞이하고 해를 반기는 첫 새벽마다 경탄이 우러나왔다. 숲은 여린 생명이 온전히 제 숨결을 갖출 때까지 지켜주는 어미 뱃속 같은 품, 항온의 단어였다. 땅을 딛고 선 어떤 것도 위대하지 않은 게 없었다. 그러나 열매 한 알, 꽃잎 한 장에서 솟아난 상상력을 표현할 언어는 늘 부족했다.

그러함에도 이들의 사는 얘기를 써보고 싶었다. 카메라는 훌륭한 보조 도구였다. 매크로렌즈로 다양하게 찍어 모니터에서 살펴보며 느낌을 보충했다. 고화질의 사진은 엄청난 양으로 불어났다.

독일의 생태작가 피터 블레벤은 나무의 통역사, 숲의 번역사를 자처한다. 나도 그런 사람이 되고 싶어졌다. 어떻게 해야 가능한지는 모르지만 하나의 주제를 정하면 무모할 정도로 매달렸다. 식물의 언어를 익혀 수다를 나누고 싶었다.

글은 3부로 나뉜다.

1부는 '쩨쩨하지 않은 일상'을 그렸다.

식물들은 주어진 여건을 탓하지 않으며 적극적이고 능동적으로 다가올 상황을 대비하고 새 계절을 맞이한다. 지나온 길의 끝이면서 나아갈 길의 첫 자리인 '지금, 여기'에서 언제나 낯선 국면으로 진입한다. 그렇지만 일상은 결코 쩨쩨하지 않다. 오히려 큰 함성으로 해를 넘기고 어둠을 맞이하며 폭풍우 앞에 당당하다. 재생과 환희의 예찬이 떡잎에서, 꽃부리에서 들려왔다. 우리 주변에 그토록 흔한 풀과 나무에서 신성을 느끼고 창조의 손길을 엿본 이야기다.

2부는 '역사를 바꾸는 힘'이다.

인간은 누구나 식물의 은혜로 의식주를 해결한다. 주식인 밥은 벼에서, 옷은 목화에서, 종이는 닥나무에서, 3대 약 중 하나인 아스피린은 버드나무에서 얻었다. 인류의 생명과 역사에 이르기까지 지대한 공헌을 하며 살아가는 것들에 한 걸음 더 가까이 다가가 바라본 재발견의 기록이다. 바라볼수록 우리보다 어른이라는 생각이 들었다.

3부는 '생명의 아포리즘'이다.

숲은 만다라다. 하나의 우주다. '식물에게 빛은 밥이다.' '풀은 눈이 없지만 우린 잎이 없다.' 우리와 방식이 다를 뿐 생명의 존재감은 다르지 않다. 그들을 마주하며 열매 한 알, 꽃잎 하나에서 들은 숨결은 뜻밖에도 내게 용기와 희망을 주었다.

이 책이 독자를 맛집인 숲으로 안내하는 길잡이가 되길 희망한다. 숲을 맛있게 먹고 생명과 사랑의 근육이 불끈 솟아오르길 기대한다.

하나하나 물음표를 던지고 '한 발 더' 들어가서 얻은 느낌표의 기록이지만, 직접 경험하고 느낀 주관은 최대한 합리적이어야 한다는 원칙을 지키려 했다. 흔한 이야기의 재구성이 아니기에 자부심이 크다. 수록한 사진들이 증명할 것이다. 오로지 내가 찍은 사진들이다. 딸이 그려준 세밀화를 더해 비주얼을 강화했다. 꼭지마다 앞부분에는 생태적인 관찰을, 뒤에는 인문학적 이야기로 구성했다.

표현의 부족과 사유의 한계는 능력 밖이므로 양해를 구한다. 어떤 부분은 과학적 검증 자료를 찾지 못해 느낌을 앞세웠을 것이고, 오류도 있을 것이다. 고쳐나가겠다. 내가 갈 길은 아직 멀다. 데이비드 소로도 "벚꽃 보러 숲으로 가려면 50번의 봄으로는 빠듯하다"라고 했다.

내가 고집을 꺾으려던 때에 북돋워 준 사람들이 밉고 또 고마웠다. 소심한 나를 가족들이 자꾸 밀쳤다. 주변 친구와 공부를 같이한 동료들의 격려도 컸다. 지나고 보니 고마운 적들이다. 출판을 제의한 이경현 청파랑 대표와 직원들에게도 깊은 감사를 드린다.

차례

2부 역사를 바꾸는 **힘**

3부 생명의 **아포리즘**

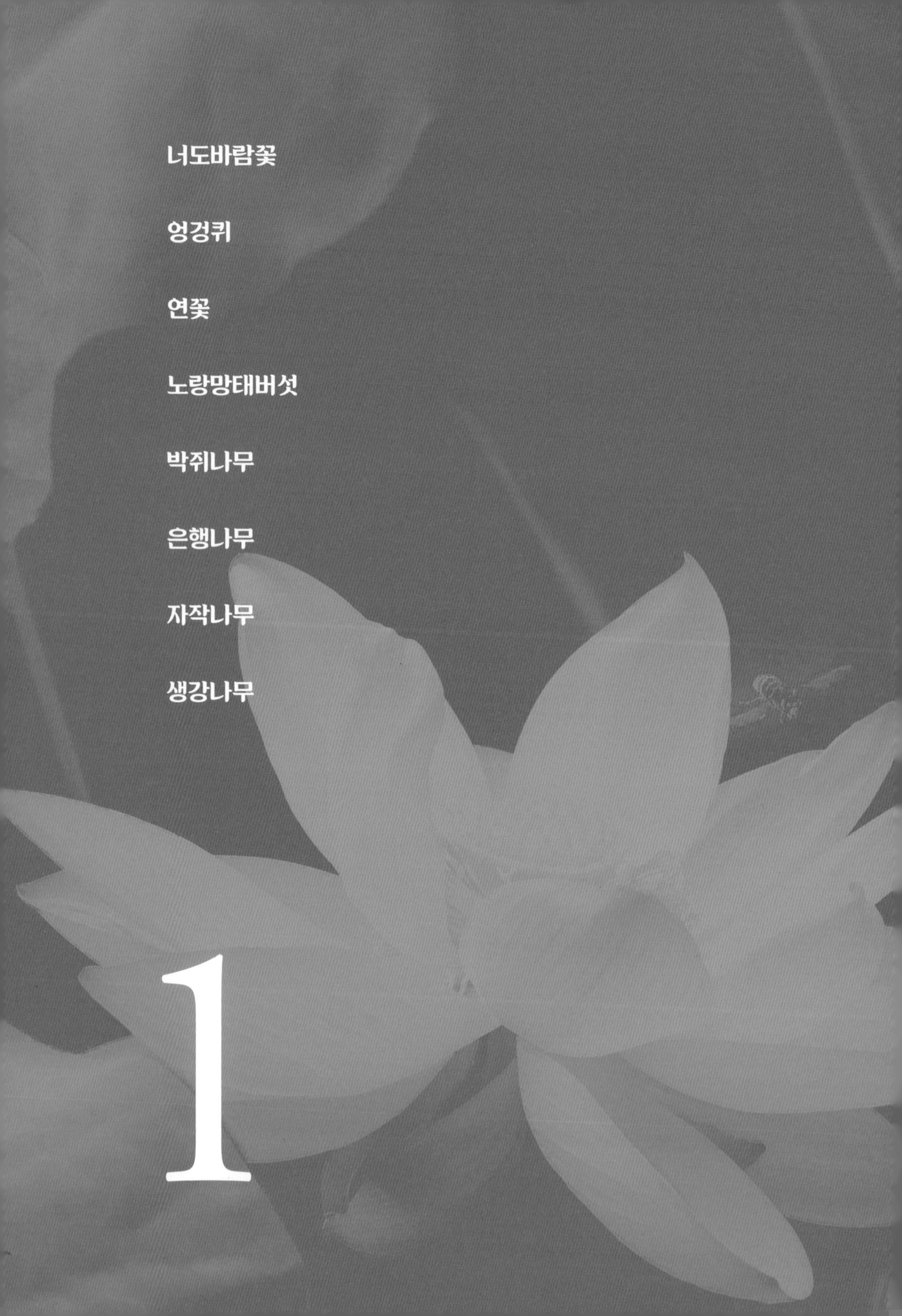

1

쩨쩨하지 않은 **일상**

너도바람꽃

너도 바람꽃이니?

가장 이른 봄의 전령

새로운 한 해를 맞이한 설렘의 유효가 멎을 즈음 남녘에서 전해진 화신이 꺼진 불씨처럼 살아나 심장을 데운다.

'너도바람꽃'이 앞장을 선다. 학명Eranthis도 '일찍 피는 봄꽃'을 의미한다.

그리스 신화에서는 봄에 부는 서풍의 신인 제피로스와 꽃의 여신인 아내 플로라, 그리고 예쁜 하녀 아네모네에 얽힌 사랑 이야기가 등장한다. 쫓겨난 아네모네가 바람꽃으로 피어났다.

'바람꽃'은 한여름에 피고, '나도바람꽃'은 완연한 봄에 핀다. '너도바람꽃'은 아직 겨울이 머무는 2월에 핀다. 형상은 비슷해도 그 둘은 분류상 엄연히 속이 다르고 별도의 일가를 이룬다.

무슨 바람으로 '너도'라는 접두어를 붙여 이름을 지은 걸까. 그런 이름을 가진 식물이 또 있으니 변명의 여지는 있을 것이다. 그래도 뭔가 억지스럽다. 지역마다 부르던 옛 이름 중에 더 근사한 게 있었을 텐데, 살짝 아쉽다.

이름은 중요하다. '너도, 나도' 바람꽃이길 원하기나 했던 것처럼 새해의 첫 선물로 다가온 예쁜 꽃을 마치 '개똥아, 간난아'라고 부른다는 느낌이 들어서 하는 말이다. 조롱이 스민 '며느리밑씻개', '개불알풀'보다는 그래도 나은 편이니 예서 트집은 그만 잡겠다.

배를 깔고 부르는 사랑가

3월 초, 중부 이북의 깊은 산은 이제 한겨울의 꺼풀을 벗으려 한다.

가평 명지산 아재비 고개를 향하는 길엔 웅덩이마다 벌써 산란한 큰산 개구리의 알 더미가 반짝인다. 정상으로 오를수록 계곡의 얼음장은 두껍고 녹은 물소리가 거세다.

자세를 낮추고 눈동자를 키워 살금살금 걸으며 보물찾기하듯 두리번거리기 얼마던가.

돌 틈에서 피어난 한 송이 마주한다. 배낭을 풀고 오체투지 하듯 배를 깔고 엎드려야 눈높이가 겨우 맞는다. 작은 거인과의 대면식은 그렇게 시작되었다.

엎드린 채로 주변을 둘러보니 고요히 흔들리며 미소 짓는 송이들이 눈에 든다.

언 땅을 뚫고 나와 바위에 기대선 모습이 의연하다. 미풍에도 사르르 떨리는 움직임이 촬영을 거부하듯 렌즈 안에서 격렬하다. 낙엽을 이불 삼아 지내던 엄동설한이 더 따뜻했을 테지. 기득을 박차고 '봄'을 몰아 오는 선구자의 고난이 읽힌다. 그래서 더 가련하면서도 사랑스럽다. 토닥여주고 싶다. 장하다.

다시 엎드린다. 배 밑으로 얼음 기운이 올라와도 만남은 뜨겁다. 하늘 위로 신갈나무 스치는 찬 바람 소리가 드세다. 그런 산중에서 나 혼자 이들을 대하니 여유롭다.

흥이 솟는다. 웬일, 이도령의 사랑가가 절로 난다.

사랑, 사랑, 사랑, 내 사랑이야.
이~이~이~이 내 사랑이로다 아매도 내 사랑아!

눈 녹은 물기를 머금고 산기슭에서 낙엽 사이를 비집고 작은 키를 최대한 올려봤자 10센티미터 내외다. 매크로렌즈로 부분부분 집중하여 담아보니 아름답지 않은 구석이 없다. 겨울에 불쑥 꽃대를 올리는 건 땅속 어둠 때문만은 아니었을 것이다. 가늠할 수 없는 처절함이 있었기에 흰 꽃은 저리도 환한가 보다.

몇 해를 찾다 허탕을 친 보상으로 홍이 쉬이 가시지 않는다.

이리 오너라 업고 놀자.
저리 가거라 뒤태를 보자, 이리 오너라 앞태를 보자,
아장아장 걸어라 걷는 태를 보자, 빵긋 웃어라 잇속을 보자.
아매도 내 사랑아~~!

한겨울의 작은 거인

춘향의 태를 살피듯 두루두루 눈길을 보낸다.

가장 먼저 나온 포엽은 잎의 역할을 한다. 몸체에 비해 넓은 잎으로 햇빛을 자양분 삼는 광합성을 하여 줄기와 꽃대를 키우고 꽃봉오리를 피워 올린다. 그 후엔 포대기가 되어 꽃을 감싸 안아서 수시로 엄습하는 추위를 이겨내게 돕는다. 꽃이 피고 나면 자신을 아래로 접어 꽃을 돋보이게 하는 겸양까지 보인다. 상황과 진전에 따라 능동적으로 롤 플레이하는 사실을 발견하는 묘미는 섬세한 관찰에서 얻는 수확이다.

1경 1화, 꽃대 하나에 꽃 하나 피우는 것으로 족하다. 바로 옆에 피어오른 두세 송이는 한 뿌리에서 나온 형제들이다. 바라보는 곳도 같아 다정하다.

아직도 밤이면 겨울왕국이다. 폭설에도 서서 버텨야 한다.

서성거릴 수 없는 생이다. 향기는 없다. 스스로 꽃이니 굳이 향기 필요하랴.

우리가 흔히 흰 꽃으로 말하는 꽃잎은 정확하게는 꽃받침이다.

꽃받침은 포엽의 지지를 받아 그 위에서 꽃을 감싸 추위를 이겨내도록 돕는다. 그러니까 너도바람꽃은 쌍 겹의 보호를 받아 한겨울 높은 산 계곡에서 존재감을 드러낼 수 있었던 거다. 꽃받침은 수정을 마친 이후에도 지

◆◆◆

↗ 찬바람을 막아 주는 바위를 등지고 핀 두 송이. 한 뿌리에서 나온 형제다.

→ 다섯 장의 넓고 큰 것은 꽃받침이다. 노란 꿀을 두 방울씩 달고 있는 게 꽃잎.
그 무게를 지탱하려고 깔때기 모양으로 동그랗게 말았다.

지 않고 씨방을 감싸 씨가 옹골차게 영글도록 마지막까지 충절을 지킨다. 조선시대에 왕의 유모에게 내린 봉보부인奉保夫人의 작위에 어울린다.

흰 꽃받침 안쪽으로 둥그렇게 열 지어 노란 점박이를 달고 있는 것은 무엇일까?

그게 꽃잎이다. 점박이는 꿀 덩어리다.

아집을 버려야만 이해가 된다. 뒤에서 바라보아야 꽃잎이란 말에 수긍이 간다. 잎을 둥그렇게 만 깔때기 모양이다. 이것을 펼치면 잎의 면적이 제법 나온다.

어찌하여 깔때기 모양으로 말린 걸까? 몇 날을 고민하다가 겨우 답을 찾았다.

보자. 잎의 끄트머리에는 봉긋하게 호박색의 젤리 같은 꿀샘을 매달았다. 꽃잎이 먹음직도 하고 보암직도 한 꿀방울을 한 잎에 2개씩 매달고 서 있으려면 무게를 견딜 구조를 갖춰야 한다. 그래서 깔때기의 형태를 취해 기둥을 만든 거다.

흔히 꿀샘은 아래의 씨방 근처에 모셔둬서 벌과 나비가 드나들며 꽃가루를 전해주게 하는 것이 기본설계인데, 그런 상식을 깼다. 제일 잘 보이는 문간에 밥상을 차려놓아 막 잠에서 깬 힘없는 벌들이 먹이를 찾아야 하는 수고를 덜어준다. 급변하는 환경에 대비하여 생애 기간을 짧게 가져가는 지혜가 저런 모습으로 나타났을 것이다.

보랏빛 머금은 분홍의 수술이 약밥을 부풀면 꽃은 완전체를 이룬다. 수정을 마치면 중심에 솟아있던 초록 씨방은 곧 쌀 톨 같은 하얀 씨앗을 초록 보자기에 담아 진상하듯 6각으로 펼친다.

동대문시장 새벽 장사 마치듯 유월이면 일찍이 지상의 생을 접는다.

정신없다. 처음 마주한 작은 꽃에서 이렇게 광대무변한 일들이 벌어지고 있다니 내가 가는 관찰의 길은 끝이 없을 것만 같다.

◆◆◆

↓ 너도바람꽃이 안전하게 자라는데 큰 역할을 하는 것이 총포다. 언 땅에서 가장 먼저 나와 햇빛을 자양분 삼아 키를 키우고 꽃봉오리를 보호하고 꽃을 피우기까지 공을 들인다. 꽃이 지기까지 지켜준다.

그렇다 해도 꿀샘이 꽃잎에게, 잎이 총포에게, 꽃잎이 꽃받침에게 역할이 전가된 이 사실은 어떻게 설명할지 답을 모르겠다. 다만 온갖 환경적 재앙에도 자기 생에 충실하겠다는 노력이 가상할 뿐이다. 이른 수정을 위해 부리는 생태적 수작이 상냥하고 저리도 귀여우니 작다고 함부로 대할 게 아니다.

자리를 털고 일어나며 작은 꽃잎 안에 비친 흰-노랑-보라-초록의 조화는, 수수한 흰 한복에 은근히 멋을 낸 옷고름이나 노리개 색과 유사하다는 생각이 들었다.

무채색 겨울 산의 화이불치華而不侈다.

바람은 대지가 숨을 내쉬는 것

우리말에 '바람'만큼 다양한 어의를 가진 단어는 없다.

바람은 보이지 않지만, 특성으로 실체를 드러내므로 신의 존재론과 유사하다.

장자는 '바람은 대지가 숨을 내쉬는 것'이라고 했다.

예로부터 바람을 다스리는 자는 가장 지혜로운 자였다. 제갈공명은 적벽대전에서 동남풍을 이용해 조조의 80만 대군을 물리쳤다. 인디언은 죽으면 '천 개의 바람'이 되어 어디에서든 영혼이 함께한다는 믿음이 있다.

◆◆◆

↗ 개화의 순서를 굳이 따지자면 너도바람꽃이 먼저지만 거의 비슷하다. 이웃하여 핀 복수초와 해바라기를 하는 모습이 다정하다.

최명희는 《혼불》에서 대실 사람들은 대숲에 부는 소소한 바람 소리만 듣고도 날씨를 분별해낸다고 했다.

저희끼리 손을 비비며 놀고 있는 자잘하고 맑은소리
마실 나온 바람이 잠시 머무는 소리
먼 타지에서 불어와 그대로 지나가는 낯선 소리

성이 나서 잎사귀 낱낱의 푸른 날을 번뜩이며
몸을 솟구치는 소리
심심하여 제 이파리나 흔들어 보는 소리
그리고 달도 없는 깊은 밤
제 몸속의 적막을 퉁소 삼아 불어대는 한숨 소리
그 소리에 섞여 별의 무리가 우수수 대밭에 떨어지는 소리

너도바람꽃은 더디 오되, 가기는 쏜살같다. 뒤를 잇는 꽃들에게 정신 팔릴 때 자리를 턴다. 떠난 뒤 보이는 게 바람의 흔적이듯, 머물고 간 뒤에 남은 건 그리움.

겨울과 봄의 경계를 가르는 '절분초節分草' 너도바람꽃, 그 이름에 이제 딴지를 걸지는 않겠다.

"너도 그러니? 나도 그래."

문득 친구와의 대화 속에서 '너도'란 말이 별똥별처럼 스친다. 공감과 위로의 의미가 '너도'에 따스하게 배어났다. 갑자기 그 이름이 좋아졌다.

작은 키 어른이 '너도 꽃 피워봐'라며 선물한 용기로 힘이 솟는다.

나를 사랑하고, 너도 사랑하는 껴안음.

너도바람꽃이 얼음 속에서도 일찍 꽃을 피운 비결은 자신 안의 온기였다.

봄 세상의 개막 테이프를 끊고는 허공을 서성이던 찬바람에 훈기를 더해 사람의 마을로 후우~ 불어주면 냉이꽃, 꽃다지 피어난다. 이윽고 만화방창萬化方暢, '아니 놀지는 못할' 꽃 대궐의 대향연이 펼쳐질 것이다.

이제 사람들 가슴에 '너도, 나도' 주체 못할 바람기 들겠지.

온몸에 가시 두르고 곧게 선 엉겅퀴,
들꽃 중에서 가장 야생적인 느낌을 주는 잡초다.

엉겅퀴

억센 줄만 알았더니 섬세함까지

에덴과 철원평야

아무리 뛰어난 이념도 현실의 삶에 귀결되지 않으면 헛것이라고 생각한다.

좌우 이념의 소용돌이가 휘몰아친 1980년대 중반, 나는 그 대립의 함성 속에서 후배들과 문화운동에 관심을 가졌었다. 그때 신촌의 어느 조그만 지하실에서 장구 장단을 익히며 민요를 배웠다. 어둑한 지하에서 목울대에 핏줄을 세워가며 부른 노래 중 민영 시인의 '엉겅퀴꽃'이란 창작민요가 있었다. 시의 서정을 녹여낸 곡조는 억세게 가슴을 후벼 팠다.

엉겅퀴야, 엉겅퀴야 철원평야 엉겅퀴야
난리 통에 서방 잃고 홀로 사는 엉겅퀴야

갈퀴손에 호미 잡고 머리 위에 수건 쓰고
콩밭머리 주저앉아 부르느니 님의 이름

엉겅퀴야, 엉겅퀴야 한탄강변 엉겅퀴야
나를 두고 어딜 갔소 쑥국소리 목이 메네

이 시는 전쟁으로 남편 잃은 여인의 고단함을 엉겅퀴를 통해 쓸쓸한 내 조국, 억눌린 민중의 처지로 확장함으로써 새로운 맹세를 가다듬게 하는 힘이 있었다.

'엉겅퀴야, 엉겅퀴야 아~~' 이 노래를 부르면 지금도 가슴이 뭉클하다.

엉겅퀴는 강하고 굵은 대에 가시를 달고 있는 짙푸른 이파리, 버려진 땅에 핀 억센 풀의 이미지로 들꽃 중에서 가장 야생적인 느낌을 주는 잡초다. 창조주도 그렇게 말했다. 계명을 어긴 아담을 에덴에서 쫓아내며, 저주받은 땅에 무성히 자라는 엉겅퀴를 평생 캐내며 살아야 하는 형벌을 내린다. 어찌하여 신은 정성을 기울여 만든 창조물 중에서 엉겅퀴를 콕 집어서 저주에 동원한 것일까.

내 젊은 가슴을 울린 꽃이었기에 저주와 소외의 영역에서 구출해주고 싶은 맘이 간절했다. 이 세상에 아름답지 않은 꽃이 없다는 믿음이 있다면, 엉겅퀴를 한 번만이라도 가까이서 바라보시라. 가시를 단 이파리의 선명한 굴곡, 붉은 용암이 솟아나올 듯 농염하고 도도한 꽃의 매혹에 빠져들지 않을 사람은 없을 것이다.

세 번의 삶

엉겅퀴는 한겨울에도 푸르름을 유지하는 로제트 식물이다. 그러므로 한 해로 한정하면, 풀 중 지상 생육 기간이 긴 편이다. 관찰을 통해 발견한 엉겅퀴의 삶을 정리해보았다.

첫째는 수평의 삶이다. 지상의 잎이 주도하는 겨울의 생이다.

뿌리의 생장점에서 나온 잎은 본체가 얼지 않도록 땅바닥에 방사형으로 누워 열을 모으고 보존한다. 밟혀도 꺾이거나 죽지 않는 유연성으로 세찬 바람을 피하며 광합성까지 수행한다. 무수한 가시로 비타민에 목마른 겨울, 동물들의 접근을 허하지 않으며 피고 지고를 반복한다. 겨울이라고 자람이 멈추지 않는 것은 뿌리로 양분을 보내 근본을 다지려는 신념에 투철하기 때문이리라. 두툼한 뿌리의 머리 주변에는 송골송골 생장점을 예비해두었고, 그렇게 몇 년 묵은 뿌리는 도라지처럼 굵고 길다.

둘째는 수직의 삶이다. 뿌리가 주도하는 봄부터 여름에 이르는 생이다.

봄 서리가 내리면 뿌리는 축적된 수분과 양분을 줄기에 투입하여 서서히 키운다. 그러므로 냉이나 민들레처럼 성급하게 초봄에 절정에 오르지 않는다. 막 드러낸 꽃봉오리가 언뜻 붉음을 비출 5월경엔 로제트 잎이 사라지고, 줄기가 낸 잎으로 1미터나 자라 초여름을 맞이한다. 크게 갈라진 굴곡, 사각형의 줄기에까지 촘촘히 두른 톱니 모양의 가시로 자신을 지키기 위한 무장에 얼마나 애를 썼는지 엿본다.

◆◆◆

／ 뿌리의 생장점에서 나온 잎은 유연해서 밟혀도 꺾이지 않으며, 겨울에도 광합성을 수행한다.

셋째는 하늘로 산화하는 생이다.

하얗게 흐트러진 머리털이 서로 엉켜 쥐어짜듯 보여서 엉겅퀴라 불렀다던가. 여름을 거치면서 씨를 맺는다. 꽃 아래쪽에 감추어 가지런히 접어 놓았던 관모가 좁디좁은 통 안에서 우산살을 펼친다. 이내 비누 거품처럼 뽀글뽀글 팽창하면 수십 가닥의 은빛 날개를 단 작은 우주선은 씨알 하나를 달고 차례차례 허공을 향해 비상한다.

가는 길 묻지 마라. 바람을 타고 정처 없이 새로운 삶을 찾아 떠나는 오디세이, 결국 어딘가로 정착하여 땅속에서 다시 시작할 것이다. 지하와 지상, 무한 허공으로 이어지는 이 갸륵한 변화와 유려한 순환을 생각하면 너무나 가상해서 그까짓 가시로 핀잔 줄 일은 아니다. 아는가, 가시가 있다는

것은 독이 없고, 맛있으며 좋은 약효를 지니고 있다는 의미를. 건드리지 말길 바라는 호소일 뿐이며, 잎을 변형하여 바늘에 독을 장착한 자기혁신의 성취다. 그러니 업신여기지 말자.

사람도 마찬가지다. 자기를 지키기 위한 가시 몇 개쯤은 지니고 있지 않은가.

◆◆◆

↑ 5월경엔 로제트 잎이 사라지고, 줄기가 낸 잎으로 1미터나 자라 초여름을 맞이한다. 억센 가시로 자신을 지키기 위한 무장에 애를 썼겠다. 나비의 초대는 결국 산화하기 위함이었다. 관모가 우산살 펼쳐 씨 하나씩을 달고 먼 길을 떠난다.

엉겅퀴의 수술이 드러나는 순간

엉겅퀴는 꽃에 기이한 비밀이 숨겨져 있다.

루페로 들여다본 꽃의 세계는 환상적이었다. 보라색 계열이 그라데이션을 이루는 조화를 빤히 바라보노라면 어느 순간 멍해진다.

엉겅퀴 꽃 하나는 수백 송이가 한 통에 담긴 꽃다발이다. 꽃통을 감싼 총포는 끈적한 점액으로 발라져 있어서 개미 같은 곤충의 접근을 원천적으로 봉쇄한다.

이런 구조를 보며 문득 지난 시절이 생각난다. 1990년대에 한강대교 난간의 철교 위로 오르는 중간쯤에 끈적한 기름대를 만든 적이 있었다. 수시로 일어나는 자살 사건을 막기 위한 여러 시도 중 하나였다. 이후 효율성도 없고 미관상 좋지도 않아 철거했다. 그에 비해 엉겅퀴의 끈적이는 제대로 작동하고 있었다.

암·수술의 등장에 격차를 두어 유전자를 다양하게 유지하려는 생태구조는 너무나 기발하다. 이 장면을 포착하기 위해 한 송이를 정해놓고 기다려 찍었다.

사진가 앙리 카르티에 브레송의 '결정적 순간', 뭐 그런 차원은 아니라 해도 꽃가루가 나오는 순간의 포착은 새로운 감홍이었다.

오늘 활짝 피어난 꽃.

하나의 꽃은 연보라 작은 꽃잎 가운데서 봉인된 진보라색 대롱이 오벨리스크처럼 곧게 솟아 있다. 대롱은 중앙에 긴 관을 가진 암술을 품고 있으며, 대롱 껍질과 암술대 사이의 공간에 수술 꽃가루가 들어차 있다. 현재로서는 꽃가루가 없이 바늘처럼 끝이 뾰족하고 닫혀있다. 꽃이 '예쁘다' 함은 꽃잎으로 주로 좌우되지만 엷은 분홍이라서 핀 듯 만 듯한데도 뭉친 힘으로 아름다움이 발현된다.

◆◆◆

↗ 꽃통을 감싼 총포는 끈적한 점액으로 발라져 있어서 개미 같은 곤충의 접근을 원천적으로 봉쇄한다.

→ 엉겅퀴는 여러 꽃이 함께 모인 통꽃. 진보라색 대롱이 꽃의 수술이며 그 안에 암술이 감춰져 있다. 갓 핀 꽃을 찾아 벌 한 마리 날아든다.

↘ 벌 나비가 헤집고 다니며 꿀을 빨 동안 무게의 자극을 받은 대롱이 작은 원을 그리듯 도는 힘으로 그 안쪽에서 흰 꽃가루를 수북하게 밀어올렸다.

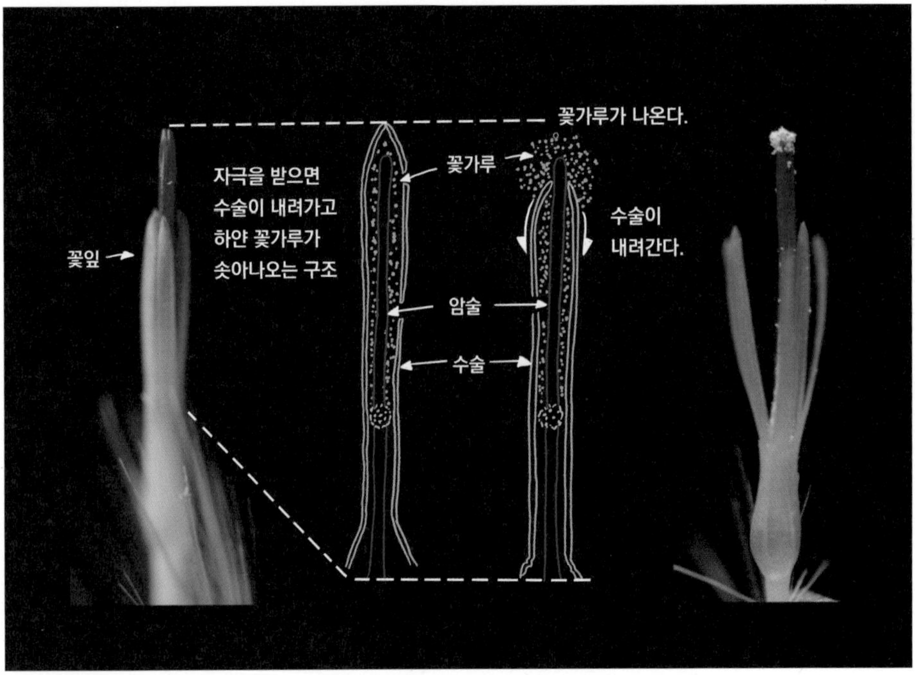

수분하기까지 수술과 암술의 움직임(일러스트 황지은)

엉겅퀴는 촉감이 예민하다.

벌이 헤집고 다니며 꿀을 빨 동안 무게의 자극을 받은 대롱이 작은 원을 그리듯 도는 힘으로 대롱 안쪽의 꽃가루를 밀어 올린다. 암술보다 먼저 성숙한다고 하여 '웅성선숙雄性先熟'이라고 하는데, 질경이와는 반대다.

꽃가루는 수술 껍질이 하강하는 반작용으로 나오는데 0.2~0.5그램 정도의 무게라야 반응한다. 그러니까 벌·나비에게 맞춤한 무게로 보인다. 눈을 부릅뜨고 봐야 끝에 하얀 꽃가루가 송골송골 뭉쳐있음을 겨우 인식할 수 있다.

그동안 몇 마리의 벌·나비가 오간 자극으로 수술의 꽃가루가 웬만큼 방출되었다 싶으면, '이때다!' 하고 대롱 껍질이 벗겨져 내리는 제막식을 펼

친다. 이때 립스틱 같은 암술의 속살이 드러난다. 꽃밥의 흔적이 붙어 있지만, 임무 교대는 끝났다. 이제는 암술이 성은을 입을 영광만이 남아 있으며 익어감의 시간이 시작될 것이다.

하나의 그저 그런 꽃으로만 보이던 것이 목표를 향한 질적 변화를 숨 가쁘게 이루어내는 실상을 들여다보았더니 허투루 대할 수가 없다. 경의를 표한다.

◆◆◆

↑ 수술이 꽃가루 방출을 마치면 대롱 껍질이 벗겨져 내린다. 동시에 립스틱 같은 암술이 드러나 다른 꽃가루를 기다린다. 원천적인 자가수정 봉쇄 전략이다.

암술이 다른 꽃가루를 맞이하여 수정하면 곧 새로운 삶을 향한 비행이 시작될 것이다.
순환은 그렇다.

짧은 시간의 세이버링이었으나 이 몇 분간은 결국 일 년을 기다린 '결정적 순간'이었다. 억세기만 한 줄 알았더니 웬걸, 이렇게 섬세하다니. 왜 이토록 복잡한 구조를 갖추고 공학적인 수정을 하는지 도무지 입을 다물지 못하겠다.

일상으로 바라보자

사물을 대하는 태도는 관점에 따라 다르다.

감성이 지나치면 비이성이요, 이성이 넘치면 오히려 몰이해에 빠지게 된다. 그래서 관점이란 것은 때로 넘침과 모자람의 경계에서 혼돈이 일게 마련이다. 선과 악, 아름다움과 추함, 쓸모와 무용이란 것이 그렇다. 분별이 중요한 이유다. 가시 몽둥이 줄기, 보랏빛 꽃대를 밀어 올린 뿌리가 지난 겨울 언 땅속에서 살림을 어떻게 해왔는지도 모르면서, 에너지를 여투고 쟁인 속사정도 모르면서 '억세다!' '가시 아파!' 이러쿵저러쿵 호들갑 떨진 않았던가 돌이켜본다.

자연은, 식물은, 그냥 있는 그대로 특별할 것 없는 일상이다.

앙리 마티스는 어느 날 아침 뒤뜰에 심어놓은 엉겅퀴 잎 위에 빛과 그림자가 교차하는 것을 본 순간, 창조적인 영감이 떠올랐다고 한다.

선입견에 사로잡힌 사람보다 아름다움에 빠진 사람에게 행복이 깃들지 않을까. 그렇다면 지금까지와는 다른 시선으로 일상의 작은 변화까지 살펴보는 놀음을 해볼 일이다. 그럼 아나, 혹, 보름달처럼 영감 하나 떠오를지.

"엉겅퀴야~엉겅퀴야~ 철원평야 엉겅퀴야~~~"

연꽃

텅 빈 충만

'덩무니 방죽'의 추억

여름에 '덩무니 방죽'은 나의 특별한 놀이터였다. 어릴 적 얘기다.

피난 왔다가 고향으로 돌아가지 않은 것은 순전히 어머니의 고집 덕이었다. 대신 강릉댁이 짊어진 짐은 질경이처럼 고단했다.

피붙이 하나 없는 낯선 곳, 충북 진천 땅.

그곳에서 정신적인 의지를 하셨던 한 분이 계셨다. 그 할머니가 사신 곳이 덩무니.

어느 날 어머니와 그분의 집에 갔다가 동네의 방죽에 핀 연꽃을 보고 반했다.

그때부터 그곳은 집에서 가장 먼 나의 새로운 놀이터였다.

개울을 건너 뙤약볕을 맞으며 뚝방길을 따라가다가 내를 건너고 논길을 가로질러 가는 시오리 길. 멀수록 향기 진하다고 했던가. 코를 간질이는 향기를 따라 연못 제방에 올라서자 녹색과 홍색의 물결로 가득한 멋진 신세계가 눈앞에 펼쳐졌다.

넓은 방죽을 돌며 익은 연밥을 따서 간식거리 삼았다. 꺾어 든 꽃봉오리를 해체하며 꽃잎 안에 감춰진 진한 향기를 들이마셔도 보고, 잎으로 물방울 굴리기 놀이를 하다가 유유히 햇빛을 즐기는 자라와 가물치를 잡으려는 무모한 시도도 해보았다. 잠자리들의 쌍쌍파티와 부유한 물풀 사이에서 잉어의 쩝쩝거리는 소리 등은 미뤄놓은 며칠 치의 일기장 숙제를 채우기에 충분했다.

아! 그 여름, 연꽃 향의 '덩무니 방죽'.

지금도 연꽃을 대하면 나는 타임머신을 탄 듯, 어린 시절의 그때로 돌아간다.

원시의 흔적을 발견하다

연은 모든 게 신기했다. 산이나 들에서 마주치던 푸나무와는 달랐다. 패랭이가 되어주던 큰 잎은 물방울이 또르르 굴러서 젖지 않는 것이 신기했고 물 위로 솟은 한 송이의 꽃, 외계인의 다발성 눈처럼 생긴 연밥도 내 눈엔 그러했다.

학자들은 1억 수천만 년 전 지구상에 처음 나타난 꽃은 수중식물이었을 것으로 추정한다. 고사리처럼 맛없고 질긴 양치류를 먹고 살았던 초식공룡에게 꽃식물은 최상의 먹이였을 것이다. 그들을 피해 수중에서 피는 전략을 선택한 꽃들은 생존에 유리했다.

큰 꽃, 두터운 꽃잎과 꽃받침의 구분이 어렵다는 점에서 연꽃을 원시적인 꽃의 형태일 것으로 추측한다.

◆◆◆

→ 1억 수천만 년 전 지구상에 처음 나타난 꽃은 수중식물이었을 것이다. 생존에 유리했기 때문이다. 한여름 새벽에 피는 연꽃은 30도가 넘는 열을 스스로 발산한다.

호호 손 불며 빙하기를 버틴 그때의 버릇이 남은 걸까?

한여름인데도 연꽃은 온혈동물처럼 체온을 조절해서 개화의 시기에 스스로 열을 낸다. 실험결과, 새벽에 피는 꽃봉오리 속의 온도는 바깥 기온보다 7도 이상 높으며 32도에서 핀단다. 이 열원이 꽃받침이라니 쉬이 믿기지 않는다. 열화상 카메라로 보면 그쪽이 확연히 붉다. 꽃받침에 풍부한 당분을 분해하며 내는 열로 향기가 진동해 벌을 유인한다. 다른 꽃에서 볼 수 없는 현상이라서 이것도 원시의 흔적인가 싶다.

◆◆◆

↑ 연잎 표면은 미세 돌기 구조에 왁스 코팅이 되어 있어서 물방울이 뭉쳐 떨어지는 힘으로 먼지를 씻어낸다. 그래서 늘 깨끗하다.

중생대 백악기에 폭발적으로 늘어난 꽃으로 인해 곤충에 이어 포유동물이 풍부해졌고 영장류가 생겨났다. 이윽고 인류가 탄생할 수 있었다는 사실에 다다르면, 꽃의 기원을 찾아가던 찰스 다윈이 '지독한 미스터리'라고 했던 말에 수긍이 간다.

연잎 표면은 미세한 돌기 구조와 왁스로 코팅이 되어 있으므로 빗물이 뭉쳐서 굴러떨어지며 먼지를 씻어낸다. 연이 깨끗함을 유지하는 이유라니 이런 면에서는 원시의 차원을 훌쩍 넘는다.

연꽃은 생김새가 독보적이다. 지구상 어떤 꽃과도 닮지 않았다.

특이하게 수술과 암술이 많으며, 꽃잎은 두껍고 대략 15장을 겹겹으로 두른다.

꽃잎을 열면 샤워 꼭지처럼 생긴 꽃턱이 아름다운 건축물의 형태로 솟아 있다. 1인 1실, 20개 이상의 원룸을 어린 열매가 차지했다. 머리마다 분화구처럼 가운데가 움푹한 암술이 하나씩 솟아 립글로스를 바른 듯 윤이 난다. 긴 꽃가루관을 거치며 수정이 이루어지는 보통의 꽃과는 달리 암술과 씨방이 바로 붙어 있어서 이 또한 원시의 흔적으로 추측한다.

꽃턱의 외곽은 수백 개의 수술이 둘러쌌다. 아이돌에 열광하는 팬들이 일제히 원형 무대를 에워싸고 떼창하는 아우성이 들려온다. 하나의 수술은 3부위가 3색으로 구분되고 가운데의 노란 부분에서 꽃가루가 나온다.

이천쌀밥 한 알씩 붙은 끝부분의 하얀 머리는 특별한 명칭도 없다. 그냥 부속체인가.

분명히 어떤 용도가 있을 텐데, 나의 관찰로는 한계가 있다. 그러나 이것으로 인해 꽃은 완성미가 높고 풍만하다.

신세대 꽃들은 수술이 너무 많고, 헛심만 쓴다고 얕잡을지도 모르겠다. 꽃잎도 비단결이 아니며, 암술도 원형 철판의 국화빵처럼 배열되어 있으며 씨방도 드러나 있어서 위험하다고 느낄지도 모른다. 수정되면 꽃잎은

한 장씩 툭툭 떨어져 주변을 맴돈다.

그래도 진화에 발 빠른 그들보다 조금은 둔탁해도 창조의 순수가 배어 있는 연꽃에 나는 더 마음이 끌린다. 꽃의 초기 모습이 연꽃이었다는 말이 자꾸 맴돈다.

내가 연을 좋아하는 이유는 이런 태생적 호감에서 비롯된 것이지 않을까?

◆◆◆

↑ 가운데 원은 씨방이며, 윤기 나는 암술이 송송 박혀있다. 원 외곽으로는 무수한 수술이 솟는데 끝부분의 흰 봉은 부속체. 그 역할이 무엇인지는 궁금하다. 꽃가루는 길고 노란 대에서 나온다. 꽃잎은 요즘 꽃과는 달리 두껍고 크다. 꽃의 원형일 것으로 추정한다.

물속에서 기다린 미래

연못은 연과 못의 합성어다.

연꽃을 심기 위해 집안에 못을 만들었다는 얘기는 당나라로 거슬러 오른다.

한창 피우는 시기는 여름방학 중, 아침 먼동이 틀 무렵이다. 꽃을 제대로 보려면 아침에 눈을 뜨자마자 덩무니 방죽으로 길을 떠나야 했다.

다산 정약용은 정말 멋쟁이다. 당시 벗들과 서대문 밖의 서연지에 모여 깔때기 모양으로 만든 연잎에 술을 채워 마시며 연꽃이 피는 소리를 즐겼다고 한다. 나는 달맞이꽃이 순간 뻑! 하며 피는 소리를 유심히 들은 적 있기에 과장은 아니리라 생각한다.

청개화성聽開花聲. 언젠가는 꽃피는 소리를 즐겨보리라.

익은 열매 자루는 고개를 숙여 물에 비친 자기 모습을 바라본다.

그렇다고 나르시시스트는 아니다. 피스톨 탄알 같은 씨앗을 떨구기 위한 몸짓이다. 떨어진 씨앗들은 떠돌다가 물속으로 가라앉아 진흙 속에 박혀 한날을 기다릴 것이다. 딱딱한 껍질의 보호를 받아 선부른 상황에서는 싹을 틔우지 않고 우주의 행성처럼 긴 시간여행을 지속한다. 일본에서는 2천 년 전의 씨앗을 발견하여 꽃을 틔웠고, 우리나라

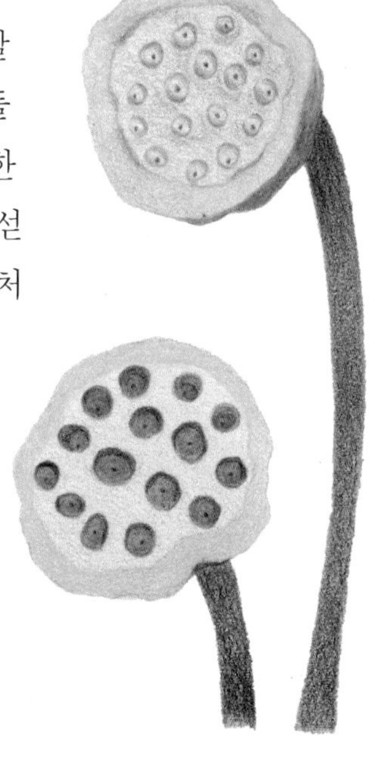

◆◆◆

→ 연밥. 못의 진흙 속에 박힌 연밥은 수천 년 후에 발견되어 꽃을 피우기도 한다.

에서도 700년 전의 것으로 '아라홍련'을 피워 냈다.

수천 년 전의 결정을 그대로 머금고 깨어나는 씨앗에서 생명의 기적을 느낀다. 아무리 과학이 발달한들 인공으로 만들어 낼 수 있을까?

속을 비운 뜻은

'진흙탕의 연못에서 피지만, 깨끗하고 순결하다.'

연은 신화나 종교와 많이 관련되어 있다.

고대 인도의 브라만교와 그리스·로마, 이집트 신화와 관련된 얘기가 있다. 도교에서도 군자의 꽃이라 했지만, 무엇보다 불교를 상징한다.

하나의 꽃이 동서양을 막론하고 인류의 가장 무거운 주제인 탄생과 창조, 태양과 환생, 진리와 풍요의 아포리즘을 다양하게 함유하며 서사를 만들어낸 이유는 무엇일까.

사실 연의 몸 전체는 심한 골다공증 환자처럼 구멍이 숭숭하다.

그런데 이것이 공기의 연결통로이며 생명력의 근간이다. 우리가 취하는 연근은 실은 땅속줄기인데 거기까지 구멍이 숭숭하다. 펄 밑에서는 수평으로 자란 줄기가 비엔나소시지처럼 줄줄이 이어지고 마디마다 잎줄기와 꽃줄기를 독립개체로 피워 올린다.

구멍을 가늠해보기 위해 줄기를 잘라보았다. 줄기엔 크고 작은 여러 개

◆◆◆

← 진흙탕의 연못에서 피지만, 깨끗하고 순결하다. 이런 연꽃의 이미지는 오늘날 불교를 대표하는 상징이다.

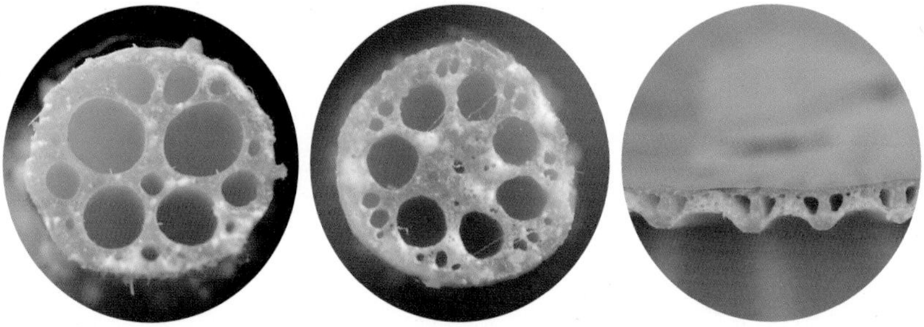

◆◆◆

↑ 연은 몸통에 온통 구멍이 뚫려있다. 잎줄기(왼쪽)는 큰 구멍 4개가, 꽃줄기(가운데)는 7개의 큰 구멍이 주를 이룬다. 잎맥의 단면(오른쪽)에는 구멍 2개가 크다. 모두 숨구멍이다. 이를 통해 물속에 산소를 공급하여 고인 못물이 썩지 않게 하는 역할을 한다.

↑ 잎의 배꼽에 물방울을 떨어트리니 숨을 쉬는 기포가 올라온다. 공기만 통하는 원리가 신비롭다.

의 구멍이 있어서 정작 몸체를 지탱할 조직은 그다지 많지 않아 보인다. 그러나 질긴 섬유질로 연결되어 몸체를 강하게 지탱한다. 우윳빛 진액도 배어난다.

잎줄기와 꽃줄기는 역할이 다름으로 구멍의 배열도 다를 것이라는 예상은 맞았다. 잎줄기엔 면적의 절반을 훨씬 넘는 큰 구멍 4개, 그리고 여러 크기의 작은 구멍들이 산재한다. 반면 꽃줄기엔 7개의 큰 구멍이 간격을 맞추어 원을 형성하며 원과 원 사이의 공간에 두세 개의 작은 구멍들이 배열을 이룬다. 한편 연뿌리엔 가운데 한 점을 두고 9개의 다양한 구멍이 원형으로 둘러있다.

방사상으로 뻗은 잎맥은 한군데로 모인다. 그 배꼽이 궁금해 단면을 살펴보았다. 잎맥마다 2개의 구멍이 뚫려있고 잎의 단면을 보니 더 작은 숨구멍들이 촘촘하다. 배꼽에 물방울을 떨어트려 살펴보니 기포가 올라온다.

숨쉬기다. 물은 새지 않으면서 공기만 통하는 원리도 신묘하다. 확실한 사실은 구멍들이 수많은 스토리를 생산하는 원인자라는 것. 숨구멍이며 생명의 통로이기에 물속 생존이 가능하다. 그리고 쉼 없이 지상과 교신하면서 수질을 정화하고 고인 물에 산소를 공급한다. 썩음을 방지하여 시궁창 냄새를 잡으며 선 자리를 맑게 함으로 연못의 다른 생명이 그 안에서 살아갈 수 있도록 너그럽게 역할을 한다.

하나의 이미지가 주는 상상력이 다양한 신화와 종교를 강화하는 텅 빈 충만의 진리는 그래서 다양한 서사로 전개될 수 있었으리라.

나중에야 알았다. '덩무니 방죽'은 '덕문리'에 있던 방죽이라는 것을…….

기억을 더듬어 찾아갔으나 사라져서 추억의 퍼즐 한 조각도 맞출 수가 없었다. 어린 시절의 동화를 잃은 아픔이 아리다.

그래도 연꽃 향을 맡으면 난 어느새 '덩무니 방죽'으로 향하는 메타버스를 탄다.

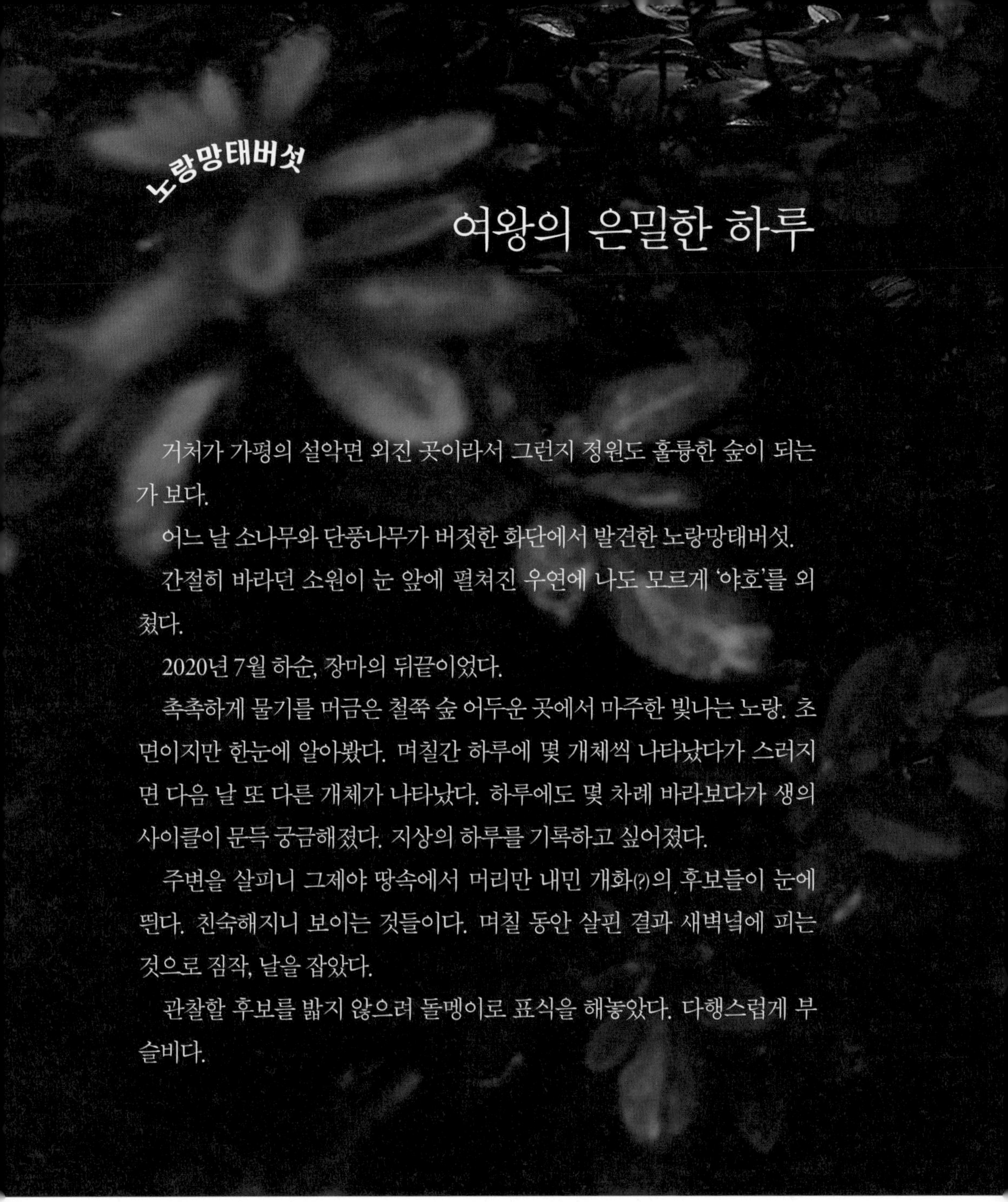

노랑망태버섯

여왕의 은밀한 하루

거처가 가평의 설악면 외진 곳이라서 그런지 정원도 훌륭한 숲이 되는가 보다.

어느 날 소나무와 단풍나무가 버젓한 화단에서 발견한 노랑망태버섯.

간절히 바라던 소원이 눈 앞에 펼쳐진 우연에 나도 모르게 '야호'를 외쳤다.

2020년 7월 하순, 장마의 뒤끝이었다.

촉촉하게 물기를 머금은 철쭉 숲 어두운 곳에서 마주한 빛나는 노랑. 초면이지만 한눈에 알아봤다. 며칠간 하루에 몇 개체씩 나타났다가 스러지면 다음 날 또 다른 개체가 나타났다. 하루에도 몇 차례 바라보다가 생의 사이클이 문득 궁금해졌다. 지상의 하루를 기록하고 싶어졌다.

주변을 살피니 그제야 땅속에서 머리만 내민 개화(?)의 후보들이 눈에 띈다. 친숙해지니 보이는 것들이다. 며칠 동안 살핀 결과 새벽녘에 피는 것으로 짐작, 날을 잡았다.

관찰할 후보를 밟지 않으려 돌멩이로 표식을 해놓았다. 다행스럽게 부슬비다.

어둔 새벽의 절정

오늘의 주인공은 아름다운 노랑망태버섯이다.

망태는 새끼나 갈대를 얼기설기 엮어 물건을 나르는 기구.

하필 '고주망태'가 생각난다. 술을 거르는 틀인 고주에 올려놓은 망태는 술 냄새로 전다. 술에 취해 인사불성인 사람을 '고주망태'라고 비유했다.

노랑망태버섯은 그런 인식을 떨쳐내고 '버섯의 여왕'으로 추대되었다.

잠은 포기했다. 여왕님이 춤을 추는 새벽.

채도가 낮은 숲의 그늘에서 형광의 노랑 드레스를 펼치는 단 한 번의 공연은 예약이 필수다. 여왕님은 첫새벽에 우아하고 화려한 축제의 서곡을 울린다.

이틀 전부터 지표면에서 지상의 공기를 쐬던 자실체가 오늘 피어오르리란 짐작은 지난 수일간 다른 개체를 관찰한 경험치 덕이었다.

2020년 7월 31일 자정부터 카메라를 거치하고 자리를 폈다. 엎드려 쏴 자세다.

천문대의 슬라이딩 돔처럼 머리 끝부분의 보호막이 서서히 갈라지며 열리고 있다. 이틀간의 여뭄 기간이었지만 지상으로 솟으려는 변화는 아직도 미세하다.

보슬비 내리는 새벽 3시경, 가장 취약한 시간에 땅속에 매복했던 은자의 작전은 시작했다. 올리브색의 암록 갓이 포자를 젤라틴 점액질에 촉촉이 머금고 로마 병사의 투구처럼 올라온다. 도약을 위한 준비가 농밀하였기에 거침없는 '돌격 앞으로'.

냄새가 진동한다. 퀴퀴한 냄새지만 파리에겐 식욕이 돋는 유혹의 향기다. 보통은 바람에 포자를 날리는 방식으로 번식하지만, 노랑망태버섯은 퀴퀴한 향기로 파리를 유인해 끈끈한 포자를 다리에 묻혀 퍼트리는 전략

◆◆◆

↑ 지상에 정수리를 드러낸 지 3, 4일 만에 드디어 껍질을 벗으며 수직으로 오르는 자실체. (2020.7.31. 새벽 3:34~4:22)

↑ 액으로 싸여있던 보호막이 걷히며 포자를 잔뜩 묻힌 머리에선 파리가 좋아하는 향기가 난다. 압축되어있던 노랑망태가 자라 나오고 있다. (2020.7.31. 새벽 5:31~6:15)

하나를 추가했다. 고등하다.

고개를 내민 이상 주저는 없다. 5시 반경 몸통은 땅 밑의 균사체와 마찬가지로 흰색. 키를 올리자 몸통과 갓머리 경계에서 노랑 물체가 삐져나온다. 30퍼센트쯤 펼친 모습을 위에서 보면 바캉스를 떠나는 멋쟁이 여인의

→ 관찰은 독단적 경험이며, 그 안에서 상상은 자유다. 나는 새벽에 춤을 추는 발레 '지젤'의 요정 윌리를 떠올렸다. 옹기종기 핀 노랑망태버섯에서 발레 '지젤'의 요정, 윌리의 군무가 연상된다.

여름 모자인 듯하다.

생장 조건이 맞을 때까지 몇십 년도 거뜬히 참아내는 버섯은 온도와 습도, 빛 등이 적당한 때가 오면 버섯을 피우고 포자를 날린다. 버섯이 그렇게 빨리 돋는 이유는 수분흡수력 때문이라고 하는데 오늘이 바로 그날이다.

수도사 같은 기품

접힌 망태를 쑥쑥 편다.

서양에선 '드레스 버섯'이라고 한다. 그렇게 보면 허리의 잘록함을 드러내기 위해 코르셋을 과도하게 착용한 중세 귀부인의 치마처럼 부풀어져 있다.

군생이 마치 발레 '지젤'에서 로맨틱 튀튀를 입고 군무를 펼치는 숲속의 요정 '윌리'로 연상되며 알브레히트가 된 듯한 황홀감에 젖어도 보았다.

몇 시간 째 그 자리에서 인터벌로 사진을 담는다. 눈을 깜빡여 리셋하고 다시 보면 망태의 움직임이 새삼 느껴진다. 그만큼 속도가 빠르다.

↑ 지상에서의 생은 거침이 없다. 앞으로 남은 몇 시간을 위해 신속하게 시스루 노란 드레스를 펼친 우아한 여왕. (2020.7.31. 오전 6:59~7:27)

↑ 한낮의 햇살에 생을 마감하는 순응에서 노 수도사의 뒷모습이 떠오른다. 지상에서 단 몇 시간이었으나 생은 충만했다. (2020.7.31. 11:59~13:44)

7시 30분이 되니 활짝 펴졌다. 4시간에 걸친 마술쇼 중 망태를 펼치는 시간은 2시간 정도. 10시쯤 되자 팽창의 탄력이 현저히 줄어들며 망태가 물젖은 치마처럼 늘어진다. 그러고는 버섯 머리도 고개를 숙인다. 깊은 사원, 생기 소진된 늙은 수도사가 천명에 순응하는 뒷모습 같다.

적막한 새벽에 피어 햇살이 내릴 때까지 지상에서의 삶은 단지 서너 시간.

주변엔 내일 필 버섯들이 줄지어 기다리고 있다.

독버섯이냐고 묻는 이에게

2021년, 지난해보다 개체 수는 현저히 줄었다. 그 이듬해에는 불과 몇 송이밖에 나타나지 않았다. 서식처로는 적당치 않았을 것이다. 정원을 드나드는 인간의 냄새가 싫었던 것이리라. 구경하라고 사람을 불러들인 내 탓도 크다.

은밀한 시기를 누려야 할 여왕. 다시 숲으로 돌아간 것일까, 침잠한 걸까. 아니면 소멸한 걸까.

식물도 동물도 아니지만, 그 둘의 영양분을 동시에 갖고 있기에 어떤 버섯에 대해서는 '신이 내린 선물'이라고 칭송한다. 어쨌거나 송이버섯은 산 나무 아래 자라고 표고버섯은 죽은 나무에서 자라지만, 노랑망태버섯은 장마 후 습기를 머금은 잡목 숲을 터로 한다.

알고 보면 버섯은 균이다. 진핵생물이다. 바이러스와는 차원이 다르다.

뿌리와 같은 역할을 하는 균사체는 땅 밑에서 실 모양의 촘촘한 그물망을 형성하는데, 나무로부터 탄수화물을 받는 대신 땅속에서 흡수한 미네랄을 제공한다. 지구 식물의 대부분은 균류와 공생관계로 살아간다.

또 하나, 버섯균은 죽은 동식물의 잔해를 분해하는 자연의 청소부다. 떨어진 나뭇잎이나 동물이 썩지 않고 그대로 쌓인 지구를 상상할 수 있을까. 이들의 분해 능력으로 생태계의 평형이 유지된다는 사실이 놀랍다. 자연의 순환을 완성하는 버섯균은 다시 다른 유기체의 영양원이 된다. 세상 어디에나 존재한다는 사실이 다행이기도, 고맙기도 하다. 생성과 소멸, 합체를 통해 군락을 이루고 반복과 순환을 거듭하는 우주적 과업을 중단 없이 수행하는 덕으로 우리는 살아간다.

노자는 인간은 땅을, 땅은 하늘을 따라야 하며 하늘은 도道를, 도는 자연을 따라야 한다고 했다. '있는 그대로, 저절로 그러한' 무위성이 자연이라면 오늘 지상으로의 짧은 현현은 자연의 순리였으며 도였다.

신영복 교수는《담론》에서 '당신은 누구의 이유로 사는가', 반문한다.

'자기의 존재 이유'를 줄인 말이 '자유'라고 해보자.

'당신은 진정한 자유인인가?'

편견에 사로잡혀 독버섯이냐, 아니냐를 유독 따지는 '인지적 구두쇠'인 인간에게 무위자연의 버섯이 보낸 메시지가 너무나 강렬하다.

◆◆◆

↗ 버섯은 식물이 아니라서 뿌리가 없지만, 그 대신 훨씬 넓게 네트워크를 구성하는 하얀 균사가 지하에 뻗어 있다.

→ 버섯은 이 세상 동식물의 잔해를 분해하는 청소부이지만, 그도 누군가에 의해 해체된다. 달팽이가 그 역할을 맡기로 했나 보다.

박쥐나무

머리부터 발끝까지, 생각으로 가득 찬

어릴 적 나의 놀이터는 주로 강가였다.

한여름, 종일토록 고기를 잡고 멱을 감고 놀다가 집으로 돌아가는 저녁 무렵이면 비정형으로 하늘을 나는 새가 나타났다. 우리가 '밤새'로 부르던, 포유류 중에서 유일하게 날아다니는 동물, 박쥐였다. 한 때는 코로나19 바이러스의 숙주라고 원흉 취급을 받기도 했으나 누명은 벗겨지는 것 같다.

내겐 정겨운 유년의 추억이 있다. 해가 저물고 강가에 어스름 노을의 잔영이 겨우 남을 즈음이면 나타나서 비정형으로 날갯짓을 하던 박쥐, 그때 날던 박쥐를 나무에서 떠올렸다. 박쥐나무의 잎은 박쥐가 날아가는 형상이다. 꽃은 잎 그늘에서 아래를 향해 매달려 핀다. 박쥐가 출산도 거꿀 자세로 한다니, 생태적으로도 알레고리가 유사하다.

우리나라에서 이 박쥐나무는 친척이 거의 없다.

박쥐나무과 박쥐나무속의 단일 계통이다. 남부지방에 서식하는 단풍박쥐나무가 기본종이며, 박쥐나무가 변종으로 각각 단 1종이다.

◆◆◆

← 박쥐나무는 돌무더기가 많은 너덜겅에 산다. 5월에 꽃이 핀다.

흔들리는 큰 잎의 비밀

'앗, 박쥐나무!'

단박에 알아차린 박쥐나무. 가평 북면의 한 야산의 초입에서 만났다.

바람에 살랑살랑하는 잎이 '나 보러 온 거냐'는 듯 맞이한다.

첫 만남 이후 이삼일 간격으로 그다지 가깝다고 할 수 없는 거리를 오가며 박쥐나무의 관찰에 몰입했다. 한번 가면 몇 시간이고 나무 주변에서 서성이거나 앉아서 친해지려 애를 썼다. 몇 년간을 그랬다.

그러다 보니 잎의 움직임에서 다른 나무와의 미세한 차이를 발견하고는 우쭐해진다. 사시나무의 잎새는 '떨림'이지만, 박쥐나무는 줄기 전체가 유연한 '흔들림'이다. 소리조차 없는 무저항의 유려한 몸짓은 바람에 일렁이는 물결의 순응 같다.

박쥐나무는 한 가지에 큰 잎 하나만 덜렁 피운다. 서로를 가리지 않을 최적의 공간을 차지하는 한편, 가장자리가 푹 패인 몇 개의 결각을 유지하는데, 위에서 보면 편평한 마당 몇 개가 펼쳐진 형상이고 떼로 나는 박쥐의 모습이다.

어찌하여 잎은 몸체에 비해 넓고 크며 잘 흔들릴까.

유려한 흔들림과 큰 잎, 공간의 활용과 층고의 차이, 낮고 그늘진 서식지. 이것들을 한데 묶어 생각하니 '결론은 버킹엄!', 햇빛을 한 조각이라도 놓치지 않으려는 행위였다.

◆◆◆

→ 잎이 날개를 펴고 나는 박쥐를 닮아 박쥐나무. 잎은 서로를 가리지 않을 방향으로 뻗으며 크기도 조정한다. 햇빛을 좋아하지만 과하면 잎을 접어 수분의 증산을 방어한다.

마들렌 치게Madlen Ziege는 《숲은 고요하지 않다》에서 “생명의 진면목은 구조에 있다”며 책의 첫 행부터 단호하게 시작한다. 구조 하나하나가 의미 없는 것이 없다는 것인데, 이들을 보니 그렇다.

어찌하여 나무 전체가 흔들리는가를 궁금해하다가 가지의 형태가 지그재그란 것에 주목했다. 이런 공학적 구조에 의해 줄기는 큰 잎을 지탱할 만큼 강하지 않지만, 대신 전체의 나무가 한 몸으로 흔들리므로 부러지거나 꺾이지 않고,

◆◆◆

↑ 박쥐나무는 왕갈고리나방 애벌레의 기주 식물. 애벌레는 끈적한 실을 내어 두 잎을 겹쳐 덮고 그 안에서 잠을 잔다. 새의 먹이가 되지 않기 위해서다.

흘러내리는 햇살 조각들을 모두 받아낼 수 있는 것이다.

몹시도 더운 6월의 어느 한낮, 그늘 없는 양지에 자라는 몇 그루를 보았다. 잎들이 축 처져서 비몽사몽이다. 감당할 수 없을 정도의 햇살에 숨 가쁜 잎들이 수분의 증산을 막기 위해 잎을 접고 있었다. 콩과식물처럼 낮잠을 즐기는 중이었다.

마치 목마를 때 허겁지겁 들이킨 냉수가 목에 걸린 느낌이랄까, 잎은 햇살이 과분하여 '이제, 그만', 거절의 의사표시를 하고 있었다. 역시 답은 현장에 있다. 그때 그 자리에 있지 않았다면 보지 못했을 디테일로 세이버링의 수고는 보상을 받는다.

박쥐나무는 왕갈고리나방 애벌레의 기주식물이다.

잎 두 장을 겹쳐서 붙이고 그 안에 모여 잤음을 실루엣으로 확인한 어느 날 이른 아침이었다. '뭉치면 살고 흩어지면 죽는다.' 새의 먹이가 되지 않으려 스스로를 보호하는 행위다. 왕갈고리나방 애벌레의 사회성을 보노라니 갑자기 이승만 대통령이 생각나서 피식 웃음이 났다.

꽃이 부리는 재주를 누가 당할 손가

5월 중순부터 피는 박쥐나무의 꽃. 색상은 수수하지만 구조는 화려하다. 천남성이나 쥐방울덩굴의 꽃이 수술과 암술을 통 속 깊숙이 감추고 있는 신비와는 차원이 다르다. 박쥐나무꽃은 암·수술이 모두 드러나 있는데도 교묘한 매력이 있다.

거꾸로 달리는 자루형의 우윳빛 꽃망울은 완만한 나선형으로 꼬여있다. 끝이 열리며 분리된 꽃잎은 두 장씩 조를 이뤄 도르르 말려 올라 4개의 원을 완성한다.

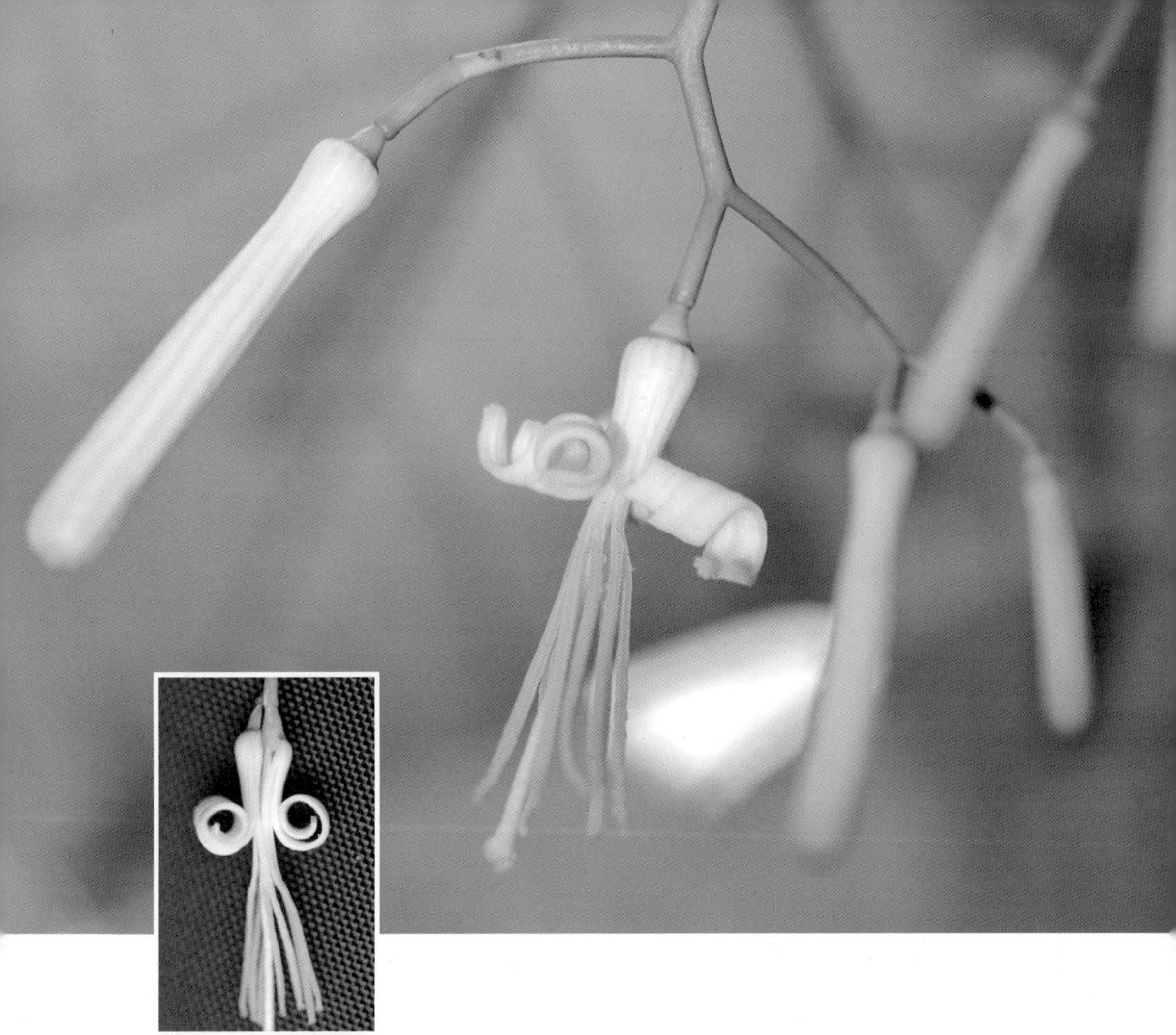

◆◆◆

↑ 자루모양의 꽃망울이 개화를 하면 꽃잎이 4분등으로 말려 올라가면서 노리개 같은 멋진 형태를 갖춘다.

← 말린 꽃잎의 탄력은 잘록한 부위를 눌러 초대받지 않은 개미 같은 곤충의 침입을 허락지 않기 위함이다. 구조에는 착오가 없다.

귀부인의 노리개를 닮은 자태다.

한발 물러서 보니 이곳저곳 매달린 꽃들이 경연을 펼치는 듯 환하다.

수술보다 긴 한 개의 암술은 흰색의 주두가 땅을 향하고 있다. 수정을 위해선 천상 곤충에 의지할 수밖에 없다. 암술을 감싼 노란 수술은 런웨이다. 많은 곤충이 리셉션에 참여하지만, 뒤영벌과 나비가 귀빈이다. 수정을 마치면 말린 꽃잎이 풀어진다.

그런데 왜 꽃잎은 돌돌 말리는 것일까? 나선은 꽃잎이 말리도록 탄력을 주기 위함임을 이해할 수는 있겠다. 그런데 왜, 말린 원은 씨방 앞, 수술의 꽃밥이 없는 잘록한 부위에서 멈춰있을까.

'구조는 착오가 없다.'

다시 한번 이 명제를 가지고 뒤영벌, 말린 꽃잎의 탄력, 잘록한 부위, 이 셋을 조합해 문제를 풀어보기로 했다. 약기로 유명한 개미는 위로 아래로 분주히 오가며 꿀샘으로 접근을 노리지만, 허탕만 친다. 작은 벌이나 응애도 꽃 끝 암술머리에서 역으로 향기의 출처를 찾아가려 애쓰지만, 수분을 위한 꽃의 전략에 이용만 당할 뿐 역시 헛수고만 한다. 덩치 큰 뒤영벌의 길고 강한 대롱이 한없이 부러울 것이다.

바람직한 행위는 아니지만, 꽃을 분해해보기로 했다. 씨방에 접근하지 못하는 이유를 알 수 있을 것 같아서다. 결론적으로, 돌돌 말린 꽃잎의 힘이 꽃밥이 없는 부위의 잘록해진 병목을 압박하여, 초대받지 않은 자의 침입을 저지하고 있음을 알게 되었다.

한편, 잎겨드랑이에서 나온 꽃대는 잎자루와 교차하여 아래로 향한다.

3차 분지에서 난 꽃대는 맨 끝에서 두 개가 60도 이상의 각도로 벌어지는데, 하나는 길고 하나는 짧다. 바로 전엔 하나, 가지 쪽에 가까이 피는 꽃은 두 개가 나는 규칙을 보인다. 이 모든 것은 최선의 생을 위한 간섭 피하기인데 좀 더 바라본 결과, 꽃이 아래를 지향하는 특성 때문에 꽃대의 길이

가 같으면 위쪽의 꽃이 아래쪽의 꽃에 걸쳐지는 상황이 되므로 그 길이를 달리했음을 추측할 수 있겠다.

꽃대의 길이가 같은 것도 있는데 두 개의 꽃대가 동시에 아래를 향해 있는 경우다. 겹쳐질 염려가 없으니 굳이 길이의 차이를 신경 쓸 필요가 없기 때문이었다.

꽃만으로도 예뻐 죽겠는데 서로를 배려하며 간격을 벌리고 길이를 달리하며, 시차를 두고 개화하는 이 갸륵한 지혜를 마주하니 '생각하는 식물'이란 이런 것을 두고 하는 말임을 실감한다.

그늘 속의 작은 꽃이지만 이토록 치밀하게 자신을 지키며 수정과 번식을 수행하는 방편은 신비로울 뿐이다. 이런 아이디어는 도대체 어디서 연유한 것일까?

나는 영리하지도 못하고 저런 재주도 없다. 어쩔 수 없이 판정패를 당한 상태로 나무 아래 쭈그려 앉아서 나간 얼이 돌아올 때까지 숭배의식을 치러야만 했다.

짙푸른 바다색을 닮은 벽색의 열매

박쥐나무는 하나의 가지에 하나의 잎, 하나의 꽃에 열매도 오직 하나다.

그런데 희한하다. 굳이 아래로, 아래로 목을 꺾으면서까지 피우던 꽃이 수정 이후부터는 방향을 바꿔 다시 고개를 드는 것이다.

씨방이 불러가면서 위를 향하는 이 운동의 원리는 무엇이며, 무엇을 위한 것일까?

암술대가 떨어진 자리는 싱크홀처럼 구멍이 깊다. 열매의 형태를 갖추어가면서 꽃대가 위를 향해 휘어지는 힘은 어디서 나오는 것일까? 필시 빛을 맞이하기 위함일 것이다. 깔때기 모양이던 꽃받침통이 씨방을 머리에 이고 과육을 불린다. 꽃이 떨어져 내리지 않도록 지지하던 총포가 종자를 보호하는 열매로 변신하는 것이다. 씨방이 핵과의 딱딱한 껍질이 되고 그

◆◆◆

↖ 꽃대는 잎겨드랑이에서 나오며 잎자루와 반대인 아래로 향한다.

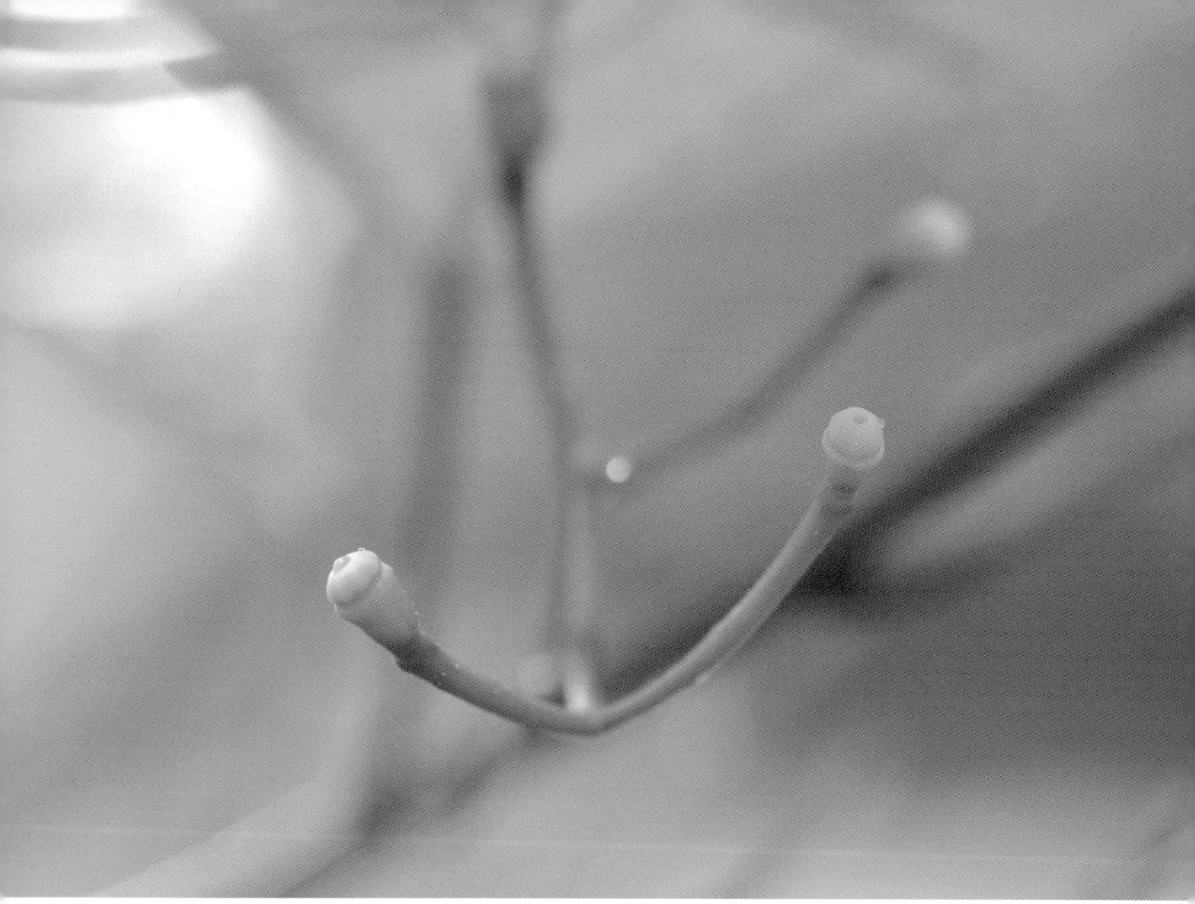

◆◆◆

↑ 굳이 아래로 목을 꺾어가며 피우던 꽃이 수정 후 씨방만 남으면 위를 향해 선다. 이 운동은 무엇을 위한 것일까.

← 열매는 검푸르게 익는다.

안에서 암술과 연결되었던 핵이 종자로 성숙한다. 멀티 플레이어다. 곤충의 완전변태와 하등 다르지 않다는 생각이 든다.

열매는 빛을 받아가며 열기를 채워 초록에서 짙푸른 벽색으로 익어간다. 그 색에서 난 푸른 바다를 떠올렸다.

직장에서 퇴직한 2013년, 두 해를 파도 소리 들리는 바닷가에서 산 적이 있다. 묵호등대 바로 밑의 카페에서 모닝커피를 마시며 바다를 바라보는 일상은 최고의 기쁨이었다. 소설가 심상대는 묵호 바다를 '투명한 유리잔에 담긴 한 잔의 소주' 같아서 '단숨에 들이켜고 싶은 고혹적인 빛깔'이라고 했다. 맑은 날의 바다는 '한없이 투명에 가까운 블루'지만 멀리서 백파가 일고 구름이 깔리면 낭만의 바다는 암청색으로 변한다. 이 작은 열매로 인해 어린 왕자가 된 나는 저 깊은 용궁의 별세계로 빠져들었다.

어린 왕자

박쥐나무가 사는 곳은 숲이 시작되는 언저리 너덜겅.

큰 나무 밑에서 이리저리 흔들리며 어쩌다 놓친 빛을 먹고 산다. 무모한 경쟁을 벗어나 축축하고 어두운 돌무더기 사이에서 모듬살이를 한다. 그러나 생의 존재는 치밀했고, 전진과 변화에 잘도 순응했다.

새벽에서 밤까지 나는 많은 시간을 몰입하면서 상상의 나래로 유영하다가 돌아오곤 했다. 박쥐나무 판타지에서 탈출하며 혹시 몸에 진드기가 붙지는 않았나, 다시 일상의 공간으로 진입하며 나는 호모사피엔스로서의 위엄을 거짓말처럼 회복하곤 했다.

이 어쩔 수 없는 별리. 레테의 강을 건너다 돌아온 영혼처럼 어정쩡한 이 느낌. 어린 왕자는 별로 돌아갔고, 나는 늘 현실로 돌아와 있었다.

은행나무

그가 선택한 유일한 벗
그땐 공룡, 지금은 인간

이름이 꼬인 사연

은행잎이 황금빛으로 물들면 가을이 깊어가기 시작한다.

약속이라도 한 듯 일제히 낙하한 잎들이 소복이 쌓이면 툭툭 차며 장난스레 걷게 된다. 발길을 따라 바스락거리며 튀어 오르는 저 낙엽들. 고운 살결 그대로 땅으로 내려와 깡충댄다.

그런데 銀杏은행, '은빛 살구'? 왜 그랬을까?

나무에 피는 연꽃을 목련, 나무에 피는 튤립을 백합나무라 하는 것은 나무와 풀의 비유이니까 이해할 수 있다. 그런데 현존의 나무 중 가장 오래된 역사를 가진 만형을 동종의 나무, 그것도 살구나무를 닮았다고 빗댄 게 나는 못마땅하다. 연공서열이 너무 무시당한 것 같아서 말이다.

꼰대 같은 지적질일까? 이름에서 꼬인 또 하나의 사건이 있었다.

'징코 빌로바'Ginkgo biloba라는 학명은 분류학의 대가인 린네가 1771년 지었다. 네덜란드 동인도회사에 소속한 의사로서 일본에서 3년간 체류한 독일인 엥겔베르트 캠퍼Engelbert Kaempfer, 1651~1716가 조사한 식물에 관한 책을 보고 동백나무와 차나무, 수국 등 수십 점과 함께 은행나무를 등록한 것이다. 캠퍼가 가져와 심고 키운 나무를 보고 당시 유럽에선 '살아있는 화석나무'를 발견했다고 엄청난 관심을 끌었다. 괴테가 정원에 심고, 시를 지을

정도였다. 그런데 징코? 'Ginkgo'. 철자가 이상하지 않은가? 발음마저 애매하다. 독일식으로는 'Ginkjo'Ginkiō라고 쓰는 것이 옳아서 학자들이 확인해보니 캠퍼가 쓴 원고 원본이 오자였다. 실수는 겹치는 법. 이번엔 '은행銀杏'의 일본어 독음을 잘못 읽어서 생긴 일이다. 추측하건대, 동인도회사는 일본에서 은銀,ぎん에 눈독을 들이고 진출해있었기 때문에 유럽인들도 익숙한 발음이었으리라. 문제는 행杏,あん을 쿄우きょう로 잘못 읽은 것이다. 연음변화를 적용해 '긴앙'을 '긴난ぎんなん'이라고 읽는데, 이상한 발음의 표기에 오기마저 범했으니 이를 인용한 린네인들 별수 없었을 것이다.

학명이란 한번 올리면 수정할 수 없으니 엎질러진 물. 지금껏 그대로다.

이름에 서러움이 배어 있지만 알고 보면 대단한 나무다.

은행나무는 2억 5천만 년 전 고생대 페름기에 출현해 쥐라기에 번성하였다. 그러다가 기후의 급변과 은행을 주식으로 하던 초식공룡이 사라지는 대사건이 벌어지면서 생존이 위태로워졌다. 여러 종 중 단 한 종만이 겨우 살아남았다. 성큼성큼 다가오던 공룡의 추억을 몸속에 기억해 두기로 했는지, 나신에 귀를 대면 쿵! 쿵! 먼 곳에서 다가오는 발걸음 소리 들려온다.

은행나무가 공룡 대신 택한 것은 20만 년 전의 호모사피엔스, '인간'이었다. 그는 먹이사슬의 최고 존엄만을 상대하기로 전략을 세우고 인류에게 다가왔다. 강한 독성과 극혐의 냄새를 장착해 오직 영리한 인간만이 먹을 수 있게 했다. 가꾸는 수고가 없어도 잘 자라고 병충해도 없다. 아름다운 수형에 수명마저 길다. 추위나 화재에도, 공해에도 잘 견디며 터를 지켰다. 게다가 잎 속에 혈액순환을 돕는 탁월한 약효를 지니고 '이게 나'라며 으쓱댄다.

◆◆◆

→ 은행나무는 긴 가지(長枝)와 짧은 가지(短枝)로 구분된다. 장지는 나무의 성장과 품격을 유지하며, 단지는 꽃피우고 열매를 단다.

태고의 숨결이 아직도

은행나무는 긴 가지長枝와 짧은 가지短枝로 구분되는데 어릴 때는 장지 위주로 쭉쭉 뻗어 나간다. 꽃이나 열매를 맺으려면 약 20년이 걸리니 이 기간에 장지는 1년에 길게는 50센티미터까지 폭풍 성장을 하며 잎이 한 장씩 어긋나기로 달린다. 장지에서 뻗어 나온 단지는 몇 년에 겨우 1센티미터만 자라므로 번데기처럼 오돌토돌하다. 그 끝부분에 밀집하여 여러 개의 잎과 열매가 달린다. 이렇게 장지는 몸을 키워 나무의 체격과 품격을 유지하며, 단지는 꽃피우고 번식을 하는 식으로 역할을 나눴다.

은행잎은 분홍이나 갈색이 섞이지 않은 눈부신 노랑이다.

이 잎에서 수억 년 전부터 간직해온 신비스러운 점이 발견된다.

소웅영·윤실 공저 《은행나무의 과학, 문화, 신비》를 보면 "은행

잎에는 코코믹사라는 단세포의 녹색조류가 공생한다. 다른 식물에서는 발견되지 않는다. 이것은 단세포 식물이 탄생했다는 하나의 증거"라고 한다. 또 "은행잎이 떨어지면 파라독사라는 곰팡이가 자라는데 이 역시 중생대로부터 은행나무와 살아온 화석 곰팡이"라고 한다.

묘목이나 맹아 가지에서 나는 잎도 네댓 갈래의 깊이 파인 형태로 중생대 화석의 모습과 유사하다. 나무가 크게 자라면 장지의 잎은 대체로 두세 갈래가 되고, 단지의 잎은 갈라지지 않은 물결 모양의 현대화된 모습으로 바뀌는 변신을 한다.

우리가 흔히 보는 은행나무에 아직도 태고의 숨결이 존재한다는 사실이 놀랍다.

은행나무를 두고 활엽수냐, 침엽수냐라는 논쟁이 있지만, 최근에 밝혀진 바에 의하면 이도 저도 아니다. 그냥 은행나무다.

더 많은 햇빛을 받아 양분을 축적하려고 오랜 기간의 변형을 거쳐 여러 개의 바늘잎이 붙어서 넓은 잎이 되었다. 잎맥은 주맥이 없이 많은 줄이 언뜻 가지런해 보이지만 차상맥叉狀脈으로 크게 두 번 갈라진다. 한 줄로 뻗은 맥은 Y형으로 갈라진다. 각각의 맥은 다시 같은 형태로 두 번 더 갈라져, 총 6갈래로 갈라지는 규칙을 보인다. 잎이 부채꼴인 이유다.

이렇게 얘기하면 침엽수란 말에 언뜻 수긍이 갈 테지만, 아니다.

◆◆◆

↖ 어린나무의 갈라진 잎. 묘목이나 맹아 가지에서 나는 잎은 네댓 갈래로 깊이 파인 형태로 중생대 화석의 잎 모습과 유사하다. 잎에 드러난 먼 과거는 자라면서 현대화된 형태로 바뀐다.

← 차상맥의 잎맥. 주맥이 없는 잎맥은 언뜻 가지런해 보이지만 Y자형으로 갈라진다. 각각의 맥은 다시 그렇게 두 번 더 갈라져, 총 6갈래로 갈라지는 규칙을 보인다. 잎맥의 확산된 결과적으로 부채꼴 잎의 형태를 이룬다.

침엽수는 오랜 세월을 거치면서 다양한 형태로 모습이 변했어도 태고부터 전해지는 공통의 DNA가 있다. 그것이 은행나무에서는 나타나지 않는다. 특별히 다른 점은 수정과정에서 꽃가루가 정충으로 변한다는 사실이다.

이런 놀라운 발견으로 식물 분류체계상 소나무과에서 하루아침에 은행나무과, 은행나무문으로 단 하나만 존재하는 독립된 가문으로 인정을 받았다.

결국 학계는 은행나무는 침엽수도 활엽수도 아닌 '고사리 같은 포자식물과 소나무 같은 겉씨식물의 중간단계에 존재하는 종자식물'이라는 결론을 내렸다.

그 속을 어찌 알랴

정충에 대해, 혹시 인간의 정자를 생각했다면? 틀린 이해는 아니다.

태초의 식물체는 물속에 살고 있었다. 이들은 꽃가루가 물의 흐름을 따라 이동하면서 짝을 맺었다. 시간이 지나면서 지상으로의 상륙작전을 감행하며 물속과 다른 환경에서 살아남기 위해서는 변해야만 했다. 은행나무도 자신만의 방식으로 수정하는 방법을 터득했다. 벌이나 나비가 탄생하기 이전의 시기였으니, 갖가지 꽃잎으로 치장한 예쁘고 달고 향기로운 꽃을 피우겠다는 꿈조차 갖지 못했을 때의 얘기다.

여기서 하나, 겉씨식물이기에 학술적으로는 '꽃'이나 '열매'로 부르지 않지만, 기능은 같으므로 여기서는 그냥 그렇게 표기하려 한다.

암꽃은 단지에서 새잎이 나기 시작하여 손톱만큼 자랐을 때 그 틈에서 핀다. 둥근 두 개의 밑씨가 쌍방울의 형태로 달리니 꽃이라 하긴 솔직히 민

망하다. 수꽃은 꽃잎이 없이 꽃가루주머니가 바나나 미니어처 같은 형태로 피어 초록에서 노란색으로 성숙하여 꽃가루를 낸다. 암수 모두 겉치레 없이 필요한 것만 갖추었다.

꽃가루가 바람을 타고 밑씨에 다다르는 매칭의 기본구조는 여느 식물과 같다.

그러나 여기서부터 달라진다. 꽃가루는 4월 중순 봉긋 내민 밑씨의 주두로 입장을 하여 바로 안쪽에서 밀액의 영양분으로 화분관이라는 우물을 만들고 3개월가량을 머문다. 그곳에서 세포분열을 거쳐 나선형의 섬모를

◆◆◆

↑ 암꽃과 수꽃. 암꽃은 단지 끝의 새잎 틈에서 핀다. 밑씨가 쌍방울의 형태로 달리니 꽃이라 하긴 솔직히 민망하다. 수꽃은 작은 바나나 형태로 피어 노란색 꽃가루를 낸다. 암수 모두 꽃잎 없이 필요한 것만 갖추었다. 수정 방식도 독특하다.

가진 2개의 정충으로 극적인 변신을 마치면 스스로 헤엄쳐 난세포를 찾아가 수정을 한다. 130일 이상이 지나서야 비로소 암수가 만난다.

데릴사위가 인턴 과정을 거친 후에야 신부와 합방하는 것과 같은 비유라면 적당할까.

열매가 커짐으로 배젖(은행알)이 완성되면, 그때부터 나무에서 떨어지는 전후의 약 한 달에 걸쳐 그 안에 씨눈을 잉태하며 봄까지 꽤 긴 시간 성장을 이어간다. 결국 은행알이 연두색인 것은 엽록체가 있다는 뜻이고, 광합성을 한다는 것인데, 겁질 속의 어둠에서 어떤 작동을 하는지는 알 수가 없

◆◆◆

↑ 낙과. 수정되지 않은 것도 열매로 큰다. 겉으로는 같아 보이지만 무정알과 유정알이 공존한다.

↗ 암수나무의 구별. 암나무는 열매를 키우느라 고생해서 펑퍼짐하고 단풍도 먼저 든다. 수꽃은 날씬하고 상대적으로 푸르다. 왼쪽에서 첫째, 네 번째가 수나무다.

다. 독특한 현상은 또 있다. 무정란과 유정란이 공존한다는 사실이다. 수정을 하지 못한 열매까지도 같은 크기로 일단은 키운다.

열매를 3중으로 감싼 그 속을 어찌 알 수 있겠는가.

인간의 마을에서만 살기로

2019년 11월, 런던의 로열 앨버트 홀 뒤쪽 길가에 늘어선 단풍든 은행나무 가로수를 만나 새삼 반가웠다. 유럽인들도 사랑하는 나무란 것을 느꼈었다.

1,100살이 넘는 양평 용문사의 은행나무는 지금도 왕성하게 열매를 맺는 우리나라에서 가장 오래된 나무다. 1993년 안동시 용계리의 700살 은행나무는 임하댐 건설로 수몰될 위기에서 주민들이 살려야 한다고 요청해서 상식上植을 했다. 이런 걸 보면 은행나무는 민족의 역사와 애환을 간직

하고 함께 살아가는 공동체였다.

그런 은행나무가 한편으로는 바보로 보일 수도 있다.

2억 년 이상을 변치 않고 원시적인 수정 방법을 고수하니까 드는 생각이다.

그러나 은행나무는 과육 안에 단단한 껍질을 만들어 생산한 씨앗을 보호하는 아이디어로 오랜 기간 극한 환경에서도 생존할 수 있는 지혜를 속씨식물에게 유산으로 남겨주었다. 이동이 가능한 작은 포장 안에 에너지와 유전자를 보존하며 미래의 생명을 압축해두는 이 아이디어는 지구를 종자식물의 세계로 변화시킨 우주적인 사건이었다. 만일 그렇지 않았다면 호모사피엔스? 문화와 문명? 어림도 없었을 것이다.

종자를 식량으로 한 농사가 어림없었을 테니 인간도 사냥이나 하며 떠돌아다녔을지도 모른다. 그런 면에서 은행나무의 기여는 헤아릴 수 없이 크다. 공헌의 대가를 누리고자 산속을 포기하고 마을의 앞마당에 자리 잡은 걸까? 아니면 인간이 받아들일 수밖에 없었던 걸까? 어느 쪽이든 탁월한 선택이었다.

사람이 멸종하지 않는 한 번성하게 될 것은 자명하다.

가로수든 정자나무로든 터를 잡고 함께 살자고 한다. 책갈피 속까지 파고든다.

'고약한 냄새는 아름다운 금빛의 대가로 봐달라'며 애교마저 떤다.

이를 외면할 인간이 있을까?

◆◆◆

→ 경기도 양평 용문사의 1,100여년 된 은행나무

자작나무

이국을 고향 삼은 개척자

자작자작

어떤 사물의 실체를 알기 오래전부터 이름이 친숙한 것이 있다.

알 듯도 하고 그렇다고 뚜렷한 기억도 없는, 내겐 자작나무가 그랬다.

충청도 우리 마을의 산에는 자작나무가 없었는지, 어려서는 본 기억이 없다.

자작나무에 대한 구체적인 동기를 갖게 된 건 1997년 윤후명의 《여우사냥》을 읽으면서다.

시베리아의 자작나무 숲속으로 떠난 여우 사냥. 사람은 몰이만 할 뿐, 결국 여우를 잡는 것은 사냥개라는 말이 인상적이었다. 산속 버려진 산장에서 지내던 밤, 자작나무로 불을 지피고 보드카 한잔 마시며 마침, 페치카 위에 먼지를 쓴 채 올려 있던 푸시킨의 시집을 발견한 주인공은 낯선 풍경에서의 불안감을 떨친다. 이튿날, '자야츠! 여우다!', 탕! 소리와 함께 자작나무 숲을 내달리던 장면은 나의 야성을 일깨웠다.

이후로 시베리아와 바이칼 그리고 설원의 자작나무, 유예된 시간 속에 갇혀 있을 그 숲에 푹 빠져보고 싶은 욕구는 버킷리스트가 되었다.

뮤지컬 영화 〈영웅〉에서는 첫 시작부터 눈보라 몰아치는 러시아 블라디보스토크의 광활한 자작나무 숲이 펼쳐진다. '울창한 자작나무 숲 망국

의 땅 우리는 모였다.' 안중근과 11명의 동지가 왼손 약지를 자른 피로 태극기에 4괘 자리에 쓴 '大韓獨立대한독립'. 단지동맹의 장면을 보고 울컥했다.

사그라지며 제 이름을 부르는 소리가 '자작'이라니, 감춰진 사연 많을 듯하다.

'숲'이란 말을 덧붙여야 제격인 자작나무숲은 사계의 정취가 뚜렷이 구분된다.

파이오니아가 갖춰야 할 덕목

빙하기가 끝날 무렵인 약 1만 년 전, 툰드라의 얼음이 녹으며 드러난 타이가에 제일 먼저 뿌리 내린 선구자가 바로 자작나무였다.

아일랜드에서 시작해 발트 제국을 거치고 우랄산맥을 넘어 멀리 시베

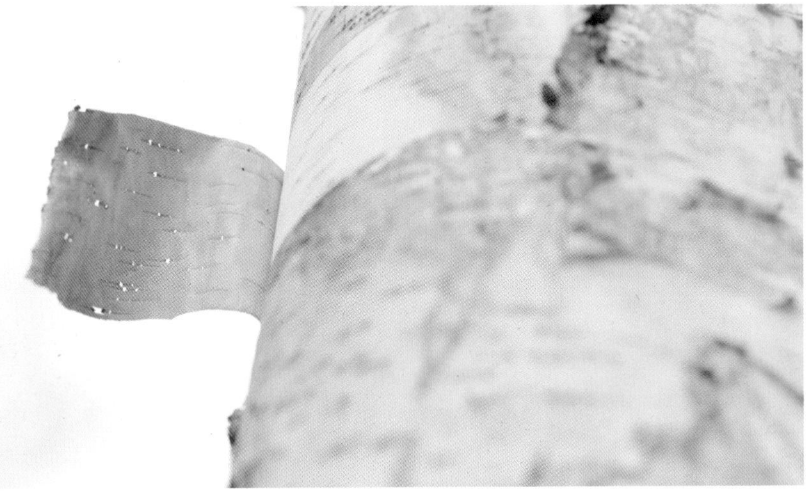

리아까지 봉화를 들고 녹색지대 개척에 나선 나무. 꼬리꽃차례에서 터져 나온 꽃가루는 구름처럼 흩어지고, 날개 달린 수많은 씨앗은 강한 바람을 타고 멀리 날아갔다.

침엽수가 아닌 활엽수가 이런 한대지방에서 살아간다는 것은 아주 특이한 일이다.

하얀 나무껍질이 생명이다.

겉면을 손으로 문지르면 하얗게 분가루가 묻어난다. 큐틴Cutin이라는 방

◆◆◆

↖ 이국땅 자작나무 숲에서 독립의 동지들이 단지동맹으로 결의를 다지고 있다. 안중근의 독립운동을 그린 뮤지컬 영화 〈영웅〉의 첫 장면.

↑ 잘 벗겨지는 나무껍질은 추위를 이기는 비결. 기름이 많아 썩지 않고 희어 쓰임새가 다양하다.

◆◆◆

↖ 자작나무는 극양수라서 주변나무보다 크려고 아래의 굵어진 곁가지를 잘라낸다. 그 상처 아무는 흔적이 언뜻 삿갓 모양이기도 하고, 묵언수행자의 눈처럼 검고 깊기도 하다. 자작나무 숲은 그런 군상이 모인 수도원처럼 느껴진다.

↑ 잎과 나무껍질에는 기름점이 있다. 물에 젖어도 잘 탄다. 신랑신부의 첫 밤을 밝히는 화촉의 원료이기도 했다.

부제 밀랍 성분 때문에 잘 썩지 않고, 물도 잘 스며들지 않는다. 살아남기 위한 화장이다. 가부키 배우처럼 하얀 분을 바른 자작나무는 6개월 이상 눈 쌓인 북반구의 지표에서 반사되는 햇빛의 화상을 피하려 여러 겹의 얇은 껍질을 둘렀다. 살을 에는 강추위에 짱짱 터져나가는 껍질이 한 꺼풀 벗겨지면 또 한 겹이 추위에 대응했다. 그것이 사람들에겐 불경을 적고 그림을 그리는 불멸의 기록 매체가 되었다.

그런데 자기 살을 도려내는 반역은 또 무슨 일인가?

자작나무는 극양수다. 햇빛을 받으려면 중심의 줄기를 남보다 키워야 한다. 그래서 아래의 굵어진 곁가지를 잘라낸다. 아픔의 상처가 만든 흔적은 언뜻 삿갓 모양이기도 하고, 어찌 보면 고해성사로 밤샘한 사나이의 눈처럼 검고 깊다. 자작나무 숲은 그런 군상이 치유를 위해 모인 수도원 같다.

잎과 나무껍질에는 기름점이 있다. 물에 젖어도 잘 탄다.

모험을 즐기는 사람들은 부싯돌로 불을 붙이는 방법으로 외진 산에서 혼자 살아남기를 익힌다. 기름은 타르성분이라서 쓸모가 많다. 옛날엔 혼례식의 첫 밤을 밝히는 유등의 원료이기도 했다. '화촉華燭을 밝힌다'는 말이 여기서 유래한다. 자작나무 '화樺'가 빛날 '화華'로 대체된 말이다.

쑤욱~쑥 하늘로 뻗어 숲을 점하다가 전나무나 가문비나무가 자신의 키를 넘으면 조용히 미지로 개척을 떠난다.

사계 사색

봄, 녹색 피가 돈다

죽음과도 같은 세한의 시절을 견딘 겨울눈에서 촉발된 생명력.

겨울눈 부풀고 꽃샘추위에 녹색 피가 돌면 새순 자라 히잇, 웃음 짓는다.

한 나무에서 암·수꽃이 따로 핀다. 수꽃의 자루는 지난해 가을에 가지의 끝에서 두세 송이가 달렸다. 4월, 꽃밥이 터질 때에서야 암꽃은 잎과 함께 하늘 향해 드러난다. 원통에 촘촘히 박힌 암술머리가 빨간 단장을 하면 봄바람의 중매로 연분을 맺는다.

입산 통제가 해제되는 5월 초면 늘 신록이 춤을 추는 원대리로 향했다.

늦눈 녹은 물 졸졸 흐르는 계곡 길에서 족도리풀이 마중한다. 멈추었던 물길을 몸통에 올리며 기지개를 켠 지도 꽤 오래되었다. 어디선가는 인간에게 수액을 빼앗겼을 족속들이 있겠지만, 이곳의 자작나무는 온전히 보호된다. 갈색 가지에 붉은 잎자루, 마름모꼴 잎 살랑일 때 봄은 한가운데를 지난다. 수꽃이 산화하자 고고하던 녹색의 암꽃자루는 배가 불러 퉁퉁해지며 땅을 향한다.

유난스레 떠는 반투명 이파리 위 햇살의 산란, 흰색 혈관 사이의 연초록 시각적 광채가 경이롭다. 봄밤 봄비에 푸른 물빛 더 파래지며 흰옷 두르는 자작나무들, 무릎뼈를 키우며 성장통을 앓는 중이다.

여름, 신전의 율려

임도로 비추는 햇살에 이른 아침임에도 따갑고, 숨이 막힌다.

숲 안으로 들어서서야 겨우 정신이 난다. 뻗은 몸매의 시선이 비로소 멈추는 소실점에서 펄럭이는 짙푸른 잎, 어느새 우거져 신전이다. 온몸에 촘촘히 들어찬 기름, 누구의 손가락에 반지를 끼워주고 화촉을 밝히려는지, 불을 가져온 프로메테우스를 환영하듯 나무의 율려律呂가 박동을 친다.

타향살이에 이력이 난 듯, 서로가 그늘을 보태며 한여름 더위를 이겨낸다. 날마다 두근두근 팽창하는 기운, 힘을 키우는 생의 소리가 우렁차다.

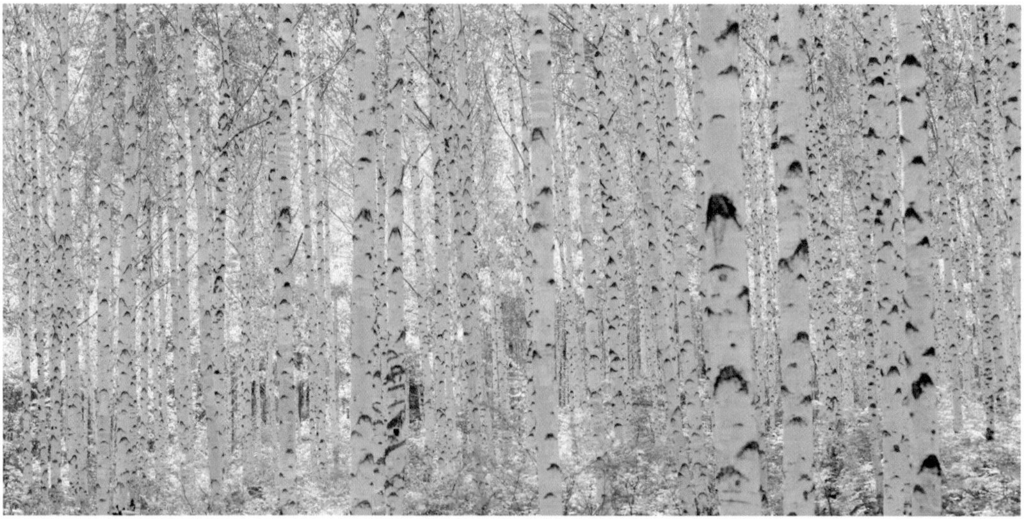

◆◆◆

↑ 봄. 세한의 시절을 견딘 겨울눈에서 촉발된 생명력. 숲에 들어서면 흰 줄기마저 연초록으로 물든다. 암·수꽃은 따로. 굵은 자루 수꽃은 아래로, 그 위쪽의 작은 자루 암꽃은 위를 향해 핀다.

↑ 여름. 깊은 숲 안으로 들어서서 허리를 펼 때 뻗은 몸매를 따라간 시선이 멈추는 소실점에서 펄럭이는 짙푸른 잎, 암록의 신전에서 우러나는 율려를 느낀다.

◆◆◆

↑ 가을. 자작나무의 가을은 이르다. 기온변화가 심하다. 기울기 길어진 햇살 맞는 줄기는 더욱 희고, 잎은 황금색으로 찬란하다. 숲의 귀족이 낙하의 이별 여행을 앞두고 연출한 색의 조화가 풍성하다.

↑ 겨울. 눈 내리는 숲에선 어디가 하늘이고 땅인지 구별할 수가 없다. 사방이 흰색이라 몽롱함과 우아함에 눈멀겠다. 먼 고향의 추위를 기억하는 듯 느긋하다.

성숙한 열매가 제 무게 못 이겨 아래로 처진다. 키재기 의욕일랑 아예 버린 작은 나무와 풀들은 간혹 내리는 햇살 받으며 평화의 땅을 차지했다. 한낮인데도 저 먼 데는 암녹색 어두움이 깃들어 있다. 원근감 깊어지고 짙푸름과 흰색의 대비가 뚜렷해진다.

가을, 황금색 파티

여름보다 기운 햇살이 숲 깊은 곳까지 드리우나 그늘은 선선하다.

원대리의 가을은 이르다. 어느새 줄기 사이 틈새 헐거워졌다. 한 번의 기상변화로 뚝 떨어지는 기온. 간밤에 물올림 접겠다는 통고를 받은 잎의 안색이 창백해졌다. 햇살 맞아 오히려 찬란한 황금색 떨림. 숲의 귀족이 벌이는 낙하의 이별 여행은 단 며칠간이다. 하나둘 무대 뒤로 퇴장하는 잎들이 제 뿌리가 엉켜 있는 곳이 얼마나 어두운지 알고 싶은 걸까, 밑으로 내려앉았다. 시간이 흐름은 색의 변화다.

암술의 흔적이 나비의 더듬이인 양 남아있는 둥글고 긴 자루의 이삭은 잘 익은 갈색이다. 수많은 씨앗을 하나하나 갈매기 형상의 비행 유도체에 탑재해 차곡차곡 쌓아 올렸다. 바스락거릴 정도로 말라서 거센 바람의 자극을 받으면 끝에서부터 순서대로 이탈하며 기류를 탄다. 급하지 않다. 탯줄을 벗어나지 않은 일부는 내년 봄까지 매달려 있을 것이다. 새로 난 녹색의 수꽃자루는 가지 끝에서 삼지창처럼 기세등등하고, 잎눈은 잎겨드랑이 품 안에서 세상 구경을 한다. 내년을 예비한 생명의 움틈이다.

산기슭 넘어 서늘한 기운이 몰려오며 적막의 시간이 당겨진다.

겨울, 다시 백옥의 나목으로

겨울은 잃고, 멀어지고, 전별하고, 잠들고, 묻히는 계절이라지만 불의 소스를 간직한 자작나무는 이 겨울이 가장 밝고, 명랑하다. 매섭고 단호한 겨울 숲에서 벌거벗은 백옥의 살결만으로 풍욕을 즐기는 여유가 의아하다.

산골 집은 대들보도 기둥도 문살도 자작나무다.
캥캥 여우가 우는 산도 자작나무다.

백석의 시는 행 끝마다 '자작나무다'를 반복함으로써 숲에 들어찬 나무의 패턴을 언어로 그려낸다. 눈 내리는 숲에 들어가자 전체가 한 덩어리로 전후 사방, 어디가 하늘이고 땅인지 구별할 수가 없다. 우아함에 눈멀고, 사방이 흰색이라서 몽롱하다. 이윽고 침묵수행을 하는 듯한 겨울 자작나무 숲에서 그만 혼줄을 놓쳐버렸다. 생살가지 도려낸 진한 흔적에 초점 맞추고야 겨우 시각 기능이 되돌아왔다.

2020년 12월, 코로나에 갇혀 미국에 계신 어머니의 임종을 지켜드리지 못하고 줌으로 중계되는 장례식으로 이별을 대신했다. 스스로 마련한 뉴저지 공원묘지에 한 줌 재로 묻히던 날, 대지엔 흰 눈이 소복했다. 어머니는 미국을 떠나려 하지 않으셨다. '여기가 내 땅이야!', 단호했다. 피란처에서 강릉으로 돌아가지 않고 진천댁을 자처했듯이, 그곳에서 자작나무처럼 살아가셨다. '하늘시민 뉴요커'라고 묘비에 새겨드렸다.

다큐멘터리 영화 '천 개의 태양'의 마지막 대사다.

떠났을 땐 고향이 존재하지만
돌아오면 고향은 없다.

생강나무

봄 봄, 알싸한 봄

첫 꽃물

봄은 기다렸다가 맞이하는 계절이다.

몸으로 느껴보고자 산길을 오른다. 계곡의 물살은 거세졌으나 나무들은 겨울눈만 부풀릴 뿐, 육탈한 나신 그대로다. 언뜻 잿빛 천지에서 색 물들인 나무 있어 눈길 멈춘다. 다가서니 애개개, 요만큼 열린 봉오리 틈새로 노랑이 눈부시다. 가지의 여기저기, 바짝 붙어있던 오랑캐들이 복면을 벗고 돌격 앞으로! 밀려들 태세라서 깜짝 놀랐다.

눈 내리다, 비 내리다, 몸살 앓으며 수시로 변하는 풍경 속에서 생生의 강江을 건너 생강나무가 우적우적 애타게 기다렸던 그 봄을 데리고 오는 중이다.

반가워 불러본다. 봄! '봄 봄'이다.

하루가 다르게 터지는 노오란 광휘. 가녀린 가지에 매달린 사당패의 고깔 같은 첫 꽃송이들의 봇물이 터져버렸다. 정찬을 찾아든 꿀벌의 숨 가쁜 소리 요란타 들리나니, 한 옥타브씩 올린 새들의 지저귐마저 경쾌하고 명징하다.

숲의 고요가 깨어난다. 필시 한바탕 잔치가 벌어지려나 봄!

꽃 노랑, 잎 노랑

생강나무는 밝은 곳을 좋아하지만, 음지에서도 강해 어디서든 잘 자란다.

잎이나 줄기에선 진한 향이 난다. 생강 냄새라서 생강나무다.

김유정의 《동백꽃》이 생강나무 꽃임은 널리 알려져 있다. 꽃을 형용하는 '알싸하다'는 소설의 표현을 넘어설 말이 없다. '맵거나 독해서 콧속이나 혀끝이 아리고 쏘는 느낌', 사전 풀이다. 그런데 달콤함을 더해야겠다. 오물오물 씹어보니 입안을 단향이 휘감는다. 고집 센 춘심으로 가지에 바짝 붙어 핀 꽃망울. 모진 바람을 이겨내려는 몸짓이었건만, 참음에 도가 넘었는지 하루가 다르게 툭툭 터져난다.

암꽃과 수꽃은 꽃잎이나 꽃받침이 없다. 아니, 없는 게 아니라 두 개가 다 있는 거다. 그 둘의 역할이 하나로 통합된 것을 화피라 하는데, 반투명한 6장의 조각은 언뜻 해파리처럼 부드럽다. 이것이 찬바람을 막고 햇살을 모아 따스함을 유지해준다. 몸을 녹이며 꿀을 빨 일석이조의 '허니 카페'를 찾지 않을 벌이 있을까.

◆◆◆

↗ 이른 봄, 가지에 바짝 붙은 꽃망울 하나에서 여러 송이의 꽃이 보자기를 찢고 툭툭 터진다. 허니 카페를 찾아온 벌이 온몸에 꽃가루를 뒤집어썼다. 꽃으론 바라던 바의 성취다.

→ 암꽃(왼쪽). 수꽃보다는 작지만, 오히려 솔직하고 대범한 팜므파탈이다. 암술머리는 '에헴! 벌들아 내게로 오라'고 과시하듯, 둥글고 큰 씨방을 디디고 툭 불거져 솟는다. 수술은 흔적만이 남고 퇴화했다.

↱ 수꽃(오른쪽). 꽃잎과 꽃받침이 없는 대신 그 둘의 역할을 하는 화피가 둘러친 안쪽으론 수술이 두 부분으로 나누어 선다. 밖을 둘러싼 6개의 수술은 꽃가루를 가진 진짜 수술이고, 안쪽의 3개는 그것이 없다. 마치 암술인 양 위장한 것이다. 생은 이토록 치열하다.

◆◆◆

↑ 열매. 익어가면서 초록에서 빨강, 검정으로 색이 변한다. 한 형제임에도 시차가 다르다.

↑ 한눈에 생강나무임을 알아차릴 수 있는 것은 가지 끝부분 두세 장의 잎 모양이 뫼山의 형태이기 때문. 그러나 그 안쪽 잎은 패임이 없이 작고 둥글다. 가을이 되면 잎겨드랑이마다 이듬해 자랄 눈들이 하나씩 옹골차게 자리 잡는다.

먼저 수꽃을 보자.

수술은 9개이며 두 부분으로 나뉘어 배치되어 있다. 바깥의 수술은 6개로 화피 한 장에 하나씩이다. 길게 뻗은 수술대의 끝, 두 개의 주머니엔 꽃가루가 잔뜩 담겨 있다. 꽃가루가 빠져나간 빈 주머니는 마치 들창코의 콧구멍처럼 깊다. 나머지 3개는 가운데에 있는 퇴화한 암술 주위를 둘러싸서 꽃가루도 장착하지 않고 마치 암술인 양 페이크를 건다. 꿀이 있음을 유혹하려는 수작이다. 이 작은 꽃에서 벌어지는 철저한 위장술로 초봄부터 생의 치열함을 엿본다.

그러면 암꽃은? 수꽃에 못지않다.

수꽃보다는 작지만, 오히려 솔직하고 대범한 팜므파탈이다. 암술머리는 둥글고 큰 씨방의 머리를 딛고 툭 불거져 솟아올라 "에헴! 벌들아 내게로 오라, 꿀을 주겠노라", 외치는 천하여장군이다. 암꽃 안에서 수술은 흔적만을 지닌 채 왜소해졌고 꽃가루도 없이 대략 뭉툭한 형태로 기능은 퇴화한 상태다. 마치 남의 눈에 파탄 가정으로 보이고 싶지 않아서 서로 서

있어 준 것 같아서 피식 웃음이 난다.

꽃은 고집 센 춘심으로 가지에 바짝 붙어 핀다. 모진 바람을 이겨내려는 몸짓이겠지.

하나씩 혹은 두 개가 마주보기다. 꽃봉오리가 가지를 꽃반지로 빙 둘러 피면 비로소 한 포대기 안에 선물 보따리처럼 저리도 많은 꽃을 보쌈하고 있었던 것을 알게 된다.

수정을 마친 꽃은 떨어지고 형체를 갖춰가며 꽃자루가 자란다.

아니, 꽃이었을 때는 없었던 것이니 정확하게는 열매 자루다. 열매는 산형꽃차례였음을 상기시키듯 자루를 벌려 옹기종기 하늘 향해 곤두서서 초록에서 빨강으로, 9월 중순을 넘어서면 검붉음으로 짙게 내재화한다. 성숙은 그렇게 깊고도 묵직하다.

잎의 모양은 독특하다. 뫼山의 형태라서 잎만 봐도 생강나무임을 쉽게 알아차릴 수 있다. 통통한 오리발처럼 세 갈래다. 아래 잎에게 햇살의 공간을 열어주기 위한 배려다.

생강나무는 초봄 이 세상의 나무꽃을 대표해 노랑 신고식을 한다. 그로부터 분홍과 빨강의 꽃 세계도, 초록의 잎 세상도 열리었다. 오긴 먼저 왔으되, 가는 것은 더디다. 11월 중순인데도 노랑 단풍에 먹이 들어가면서도 늦가을 산을 지키며 다시 찬바람 맞는다.

노랑으로 와서 노랑으로 갈무리하는 시종여일이 못내 기특하다.

암수 구별의 의미

나는 꽃의 진화란 것은 결국 양성화로 귀결되고, 그래서 주변의 꽃들과 수정이 용이하게 이루어지는 방향으로 간다고 생각해 왔다.

아니 그런데, 가장 편하고 효율적인 방편을 택하는 똑똑이가 암과 수가 별도인 이유는 대체 무엇이란 말인가? 게서 멈춘 건가, 진행 중인 건가? 아니면, 내 생각을 바꿔야 하는 건가? 양성화가 85퍼센트 이상인 식물계에서 암수의 분리는 마이너로 살아가겠다는 선택이다. 아뿔싸, 생강나무는 그중에서도 성비 불균형이 심하다. 3~5그루당 하나 정도란다. 그래서 암꽃을 만나기가 쉽지 않았던 거다.

암나무는 너무 젠체하지 말아야 한다. 님을 만나야 뽕을 따지 않겠는가.

닥나무 암꽃이 수꽃을 만나지 못해 결실을 이루지 못하고 그대로 말라버리는 불행을 몇 해 지켜본 안타까움이 있어서다. 열매를 맺지 못하는 꽃은 의미가 없다. 닥나무는 암나무를 편애한 인간의 선택으로 처한 불행이지만, 생강나무는 그것도 아니잖나.

내가 너무 외곬 걱정을 한 걸까? 암나무가 열매를 가을까지 달고 가는 과정을 지켜보았지만, 산수유나 산사춘에는 훨씬 못 미쳤다. 그럼에도 여름 지나 산자락 곳곳엔 새로이 돋은 어린나무가 종종 눈에 띄었다. 지나친 걱정이었나 보다.

아무튼, 유전적으로는 훨씬 다양한 자손을 남기는 것만은 분명한 사실이다. 그렇게 되면 여러 환경 속에서도 살아남을 확률이 더 높아질 것이다. 번식의 위험을 무릅쓰면서 자웅이주를 택한 것은 결국 다양성에 무게를 두고 선택한 전략이리라.

꽃등을 켜자

암튼 생강나무는 알싸한 맛 이상으로 생기발랄하고 혁신적이다.

아직도 숨이 턱 끝에 닿는 고적한 시기임에도 본능의 춘심을 발동한다.

생강나무의 영어명은 우리말과 같은 의미의 'ginger plant'. 우리가 감기에 생강차를 마시듯, 서양에서도 생강은 기운을 돋우는 식품이다. 영국 통속 사전으로부터 유래된 '정당 조직 내의 소수 혁신파'라는 뜻으로 'ginger group'이란 관용어도 있다.

생강을 두고 한 말이지만, 구태를 깨는 법은 소수가 앞장서는 것.

움츠린 한겨울에 온산에 꽃등 켜는 활력은 생강나무에 도사린 장기다. 노란 신호등 켜지자 빈산이 초록의 작설로 채워지지 않던가. 개암나무 붉은 암꽃 피어나지 않던가. 겨우내 침잠된 아픔의 박토에 새살 돋지 않던가.

생각이 꼬리를 물면 비루한 일상 속에서 문득 생명의 외경에 휩싸일 때가 있다. 그 순간의 신내림이 육체를 흔들면 나의 궁금은 부질없어지고 대신 생명의 기묘한 조화가 경건함으로 다가온다. 자각의 틈새로 언뜻언뜻 파고드는 섭리의 운행을 엿보게 될 때, 내 안에 파고든 그의 생이 스승이었음을 깨닫는다.

시인의 말이 쿵, 방아를 찧는다.

꽃샘추위를 이겨내는 방법은
똑같이 쌀쌀맞게 대하는 것이 아닙니다. 그럴수록
더 아름답고 예쁜 꽃을 지천에 맘껏 피어내는 것입니다.
(박노해, '꽃샘바람 속에서')

내 가슴에도 꽃등 하나 달아 놓아야겠다.

벼

돌콩

목화

버드나무

옻나무

닥나무

붉나무

사과나무

2

역사를 바꾸는 **힘**

벼

밥꽃 한 사발

먹어야 산다

먹는다는 것, 이것만큼 중요한 화두가 있을까?

'먹기 위해 살고, 살기 위해 먹는다.' 이 명제는 어느 것이 앞서도 공통은 '먹음'이다.

동물과 다를 바 없다. 그러나 '잘 먹고, 잘 살기 위해'라면 의미는 확 달라진다. '잘'을 붙이면 비로소 생존의 차원을 넘어 인간다움의 지평으로 확대된다.

우리에게 주식은 쌀이다. 밥을 얻기 위해 1년이란 시간을 투입한다.

벼는 종족보존을 위해 사람을 선택했고, 사람은 알곡을 먹기 위해 농부가 되는 공존의 길을 택했다. 둘 사이엔 신뢰가 쌓였다. 농부는 성실한 노동으로 벼를 보살폈고, 그럴수록 벼는 나락을 더 많이 되돌려주었다. 고려의 문장가 이규보는 "쌀 한 톨을 어찌 가벼이 여기랴. 굶주린 사람을 살리는 농부를 부처님처럼 존경한다"라며 쌀과 농부를 칭송했다.

우리가 보릿고개를 넘어 쌀밥을 제대로 먹게 된 것은 1970년대 중반, 통일벼를 개발하고 나서였다. 이밥에 소고깃국을 배부르게 먹는 것이 소원이었던 때가 불과 얼마 전 일이다. 1980년대 초 전방에서 근무할 때 임진강을 두고 방송심리전이 펼쳐졌다. 당시 "우린 오늘 쌀밥 먹었다"는 북쪽의 확성기에서 들려오는 소리에 실소한 적이 있었다.

'식사'는 사람 사이의 가장 친근한 소통방법이다. 기약 없는 약속일망정 '언제 밥 한번 먹자'는 말이 가장 무난한 인사인 이유다. 밥은 단순한 먹거리를 넘어 사람 사이의 안녕과 평화에까지 다다른다. 반대를 생각하면 끔찍하다.

인간의 선택을 받은 벼, 벼의 선택을 받은 인간

앨빈 토플러는 '농업'을 인류문명의 첫 번째 혁명이라고 했다.

밀과 달리 물이 풍부한 저지대로 내려온 벼는 여럿이 노동을 보태야 하는 특성으로 인해 마을공동체를 이루게 했다. 더불어 소통을 위한 언어와 문자가, 제의와 종교가 생겨났다. 놀이도 발전했고 문화가 생성되었다. 질서체계를 위한 제도와 규칙도 형성되었다. 농업으로 이룬 문명으로 선사시대는 막을 내리고 역사시대가 시작되었다.

벼가 수천 년간 제1의 식량으로 자리 잡은 비결은 무엇일까.

벼는 온난다습하고 더운 기후를 좋아하며 생산성이 높다. 제꽃가루받이를 하므로 돌연변이에 의한 변종을 만들어내지 않았다. 그러므로 생산량도 일정했고 기르기도 편했다. 초식동물에게 뜯어 먹히지 않도록 잎을 유리 원료인 규소로 무장하고 인간의 선택을 받아냈다. 물속에 살면서도 썩지 않도록 줄기를 비워 숨을 쉬는 방식을 취했다. 또 생장점을 밑동 쪽으

◆◆◆

→ 우리에게 주식은 쌀. 벼로 식량을 해결함으로써 인구가 늘고 문명과 문화가 발전했다.

로 옮겨놓아서 행여 누군가가 물어뜯어도 다시 자랄 수 있는 구조를 갖추었다. 게다가 두세 가닥의 모가 풍성하게 증식함으로써 수확량을 늘리는 방법마저 고안해 냈다.

이쯤 되면 벼의 아이큐가 좋다는 것을 인정해야 한다. 좀 더 가볼까.

광합성을 통해 얻은 양분은 특이하게도 잎이 아닌 줄기에 저장한다. 양분 없는 잎은 맛이 없다. 동물이 애써 먹을 일이 없으니 안전장치가 확실하다. 마음껏 햇빛을 밥 삼아 영양분으로 변환시키는 일에만 충실하면 되었

◆◆◆

↑ 벼는 물속에서도 잘 자라며 생장점이 밑동에 있어서 풍성하게 증식을 한다. 그리고 양분은 줄기에 저장하여 잎을 맛없게 함으로써 동물에게 섭취당하는 위험을 회피한다. 그러니 사람들이 사랑하지 않을 수 있겠는가.

다. 역할도 서로 나누었다. 이삭 아래의 잎들은 양분을 뿌리로 보내 몸체를 지탱하도록 돕는다. 이삭을 키워내는 역할은 가장 위쪽에서 햇빛을 넉넉히 받는 두 개의 잎이 맡았다.

종족 번성을 위해 쉽게 떨어지는 우성인 탈립성을 버리고, 쓰러질지언정 주인이 거둘 때까지 낟알이 매달려 있는 끈기를 발휘한 것 역시 벼가 진한 사랑을 받는 이유다.

그러니 벼농사를 자식 잘 키우는 것에 비유함이 이상치 않다. 어린 모를 시집보내어 잉태하고 수확하기까지의 과정을 의인화해 호칭한 예가 벼 말고는 없을 거다.

벼꽃을 보았는가

볍씨는 물속에서 발아하여 3엽이 나와야 비로소 생장하는 단계에 안착하는데, 여기까지는 종자에 내재된 배젖의 힘으로 자란다.

젖을 뗄 무렵 모는 못자리에서 너른 무논으로 이앙이 된다. 이를 '모를 시집보낸다'라고 한다. 시집간 모는 이어 '새끼치기'를 하며 한 그루터기를 형성한다. 물을 찰랑찰랑하게 채워야 새끼를 잘 치므로 가물 때면 이웃 간 논물 싸움도 잦다. 이삭이 패기 전에 대주는 물이 '꽃물'이다. 이 결정적 순간에 꽃물을 잘 대줘야 1년 농사를 망치지 않는다.

한여름의 땡볕을 받으며 자란 줄기는 중간 부분이 불룩해진다. '새끼를 밴다'고 하는데, 이 안에는 터지기만을 기다리는 꽃이 웅크리고 있다. '쌀나무'에서 꽃이 피는 시기는 무더운 8월의 오전, 11시 이전이다. 꽃가루받이에 적당한 습도가 70~80퍼센트 정도일 때이다. 만일 비가 계속 오거나 기온이 떨어지면 개화를 포기하고 닫힌 채로 수분을 한다. 비상 장치까지 마

◆◆◆

↖ 시집보낸 모가 새끼치기를 하면 줄기가 불룩해진다. 이때 논에 대주는 꽃물이 1년 농사를 결정짓는다.

↑ 꽃며느리밥풀의 꽃. '밥이 하늘'이라는데 평생 누군가의 목숨을 내 안으로 밀어 넣어야 비로소 살아간다는 사실이 어쩌면 고단한 일이라는 생각이 든다.

← '쌀나무' 꽃은 무덥고 습한 8월의 오전에 피어 곧바로 제꽃가루받이를 한다. 벼꽃 필 무렵 마을에는 젖 향기가 진동한다.

련해 두었다. 벼꽃 필 무렵, 마을에는 젖 향기가 진동한다. 수정을 방해하지 않으려 이때는 농부도 논에 들어가지 않는다. 생명이 결정되는 가장 중요한 순간이기 때문이다.

참, 벼꽃은 보았는가? 향기를 맡아는 보았는가?

벼꽃에도 당연히 암술과 수술이 있지만 독특하다. 껍질 안쪽에 있는 인피가 수분으로 부풀어 오르면 그 힘으로 만세 부르듯 왕겨 두 쪽이 조개껍질처럼 열린다. 그 사이에서 우담바라가 연상되는 여린 노란색의 수술 5개가 싱크로나이즈 선수처럼 동시에 솟아오른다. 가운데 자리한 1개의 암술은 수술보다 낮게 두 갈래로 피는데 아주 작은 치간 칫솔처럼 생겼다. 가급적 많은 수술을 받기 위함이며, 그중 가장 실한 것을 택하여 수정한다. 벼꽃은 우리말로 '자마구'라고 불렀다. 5분 안에 수정을 마쳐야 한다. 그 시간이 지나면 수술의 노란색은 거의 우윳빛으로 바뀌며 생명력을 잃는다. 그러니 굳이 벌 나비를 기다리지 않고 자가수분하는 방법을 선택했다. 수꽃의 유효기간은 짧지만, 암꽃은 3일 정도나 된다. 인공수분으로 유전적 변종을 만들기에도 유리하다.

2시간여가 지나면 껍질을 밀봉하여 그 안에 액젓의 녹말을 가득 채워 나간다. 하루하루 햇살과 바람을 맞으며 낟알로 여물어 이윽고 쌀이 된다.

밥이 사랑이다

일상다반사日常茶飯事, 밥 먹는 것이 일상이니 밥숟갈을 놓는 건 죽음을 의미한다.

형에게 얻어맞은 흥부는 밥 냄새 나는 부엌으로 가서 형수한테 애원하다 밥주걱으로 뺨을 맞는다. 붙은 밥알에 고마움을 표하며 다른 뺨을 내민다. 흥부가 박을 타면서 내뱉은 첫 번째 소원도 역시 밥이었다.

시리리렁 실근 당거 주소.
예이여루 당거여라, 톱질이야.
쌀밥 한 통만 나오너라.
평생의 포한이로구나.

(판소리 '박타령' 중에서)

팔구월에 피는 '꽃며느리밥풀'이란 꽃에도 아련한 사연이 있다.

뜸이 잘 들었는지 알아보기 위해 새댁이 밥알 2개를 입에 물었다. 하필 그때 이를 본 시어머니가 모질게 매를 때려 며느리가 죽고 말았다. 어느 날 무덤가에 빨간 혀에 밥풀 2개를 문 꽃이 피어났는데, 이게 꽃며느리밥풀이다.

◆◆◆

→ 벼꽃은 '밥꽃'이다. 밥은 평생을 먹어도 질리지 않는 보약이다. 혼밥과 햇반이 일상인 세상에서 '집밥'은 헛헛한 마음을 치유한다.

저승길 떠나는 망자 입엔 물 적신 쌀 한 숟가락 드렸다. 그것이 다 녹을 때까진 악마도 범접하지 못한다고 한다. 이승 저승 다 합해도 밥보다 힘센 것은 없다.

풍요 속의 빈곤이라더니 밥 굶어 죽은 얘기가 우리를 슬프게 한다. 인간이 식물처럼 스스로 먹을거리를 해결하지 못하고 평생 누군가의 목숨을 내 안으로 밀어 넣어야 비로소 살아간다는 사실은 매우 고단한 일이다. 그게 때론 슬프고 눈물겨운 일이다.

동학 2대 교주인 해월 최시형은 '밥이 하늘'이라고 했다. 시인 김지하도 그랬다.

밥은 하늘입니다.
하늘을 혼자 못 가지듯이
밥은 서로 나눠 먹는 것.
밥은 하늘입니다.
하늘의 별을 함께 보듯이.
밥은 여럿이 같이 먹는 것

('밥이 하늘입니다' 중에서)

식구食口란 '같이 밥을 먹는 가족'이다. 그곳에 사랑이 생기고 평화平和가 깃든다. 벼禾와 입口이 합한 '화和'만 보아도 그렇다. 나눠 먹는 것. 그것은 더불어 삶이고 거룩한 공생이다.

씨-모-벼-쌀-밥-떡!

우리의 생명과 직결된 단어다. 너무나 소중하여서 한 글자씩일까. 우주의 힘을 모은 한 공기의 밥이 우리의 식탁에 오르는 거다. 밥과 쌀에 유독 사투리가 없는 연유 아닐까. 무수한 변화를 견디어내 마침내 우리가 취하는 쌀은 해의 살점이요, 바람의 뼈이며, 흙의 기름이다.

그래, 맞다. 벼꽃은 곧 '밥꽃'이다.

온 가족이 둘러앉은 밥상머리, 밥꽃의 향연이 서서히 사라져간다. 아뿔싸, '혼밥'이란 말도 생겨났다. 쌀은 안치고, 밥은 짓는다고 한다. 만든다고 하지 않는 것은 정성이 깃들기 때문이란다. 따뜻한 밥 한 그릇이 아픔을 치유하고 새살을 돋게 한다. 평생을 먹어도 질리지 않는 보약, '집밥'은 그런 것이다.

내 몸에 공양하는 밥알과 밥알 사이에서 거룩한 말씀이 번뜩인다.

벼 익는 들판이 황금색인 이유를 알겠다.

돌콩

돌돌, 작다고 무시 마오

콩 안에 평화가

한반도가 고향인 식물이 있다.

나무로서는 구상나무, 왕벚나무, 수수꽃다리 등이 있지만 풀 중에선 돌콩이 낀다.

이름에서 드러나듯 '돌콩'은 아주 작다.

이것이 현재 곡물계의 중심에 선 작은 거인이라면? 사실이다. 시카고 곡물거래소에서 세계를 상대로 매일 거래되는 세계 5대 식량 작물의 하나다. 한반도에서 채집해간 돌콩 종자를 미국이 개량하면서 옥수수, 밀과 함께 세계에서 가장 많이 거래되는 곡물로 키운 것이다.

이 작은 콩이 크면 얼마나 크다고 대두大豆라고 불렀을까. '클 태太'를 '콩 태'라고 해서 백태, 서리태로 부르는 걸 보면 '작음'의 열등감은 일단 훌쩍 넘어섰다.

소두인 팥보다 크고, 주식인 쌀알보다 크다는 생각을 하면 그리 얕볼 일은 아니다.

'태평太平세월'이란 말이 있다. 3년 동안 먹을 콩을 식량으로 비축해 둔 시절을 일컫는다. '평화'와 '안녕'이 내포되어 있음을 안 선조들은 콩 한 쪽도 나눠 먹자고 했다.

우리에게 쌀이 주식이라면, 콩은 부식 중의 으뜸이다. 두부나 된장, 청국장처럼 콩으로 만든 것들이 우리 생활의 깊숙한 곳에 박혀 있다.

어렸을 때로 거스른다. '알산소'라는 마당이 동네 중심에 있었다.

축구도 하고 비석치기도 하던 사계절 놀이터다. 함께 놀던 중 동무로부터 볶은 콩을 한 줌 얻어먹으면 그렇게 고소했다. 아드득 깨물어 물 한 모금을 마시면 허기가 가셨다.

아침에 일어나 마을 어귀의 두부 공장에서 비지를 얻어오는 것은 내 임무였다. 고추장에 비벼 끼니로 대신하기도 했다.

중학생 때다. 도시락을 삼삼오오 둘러앉아 먹었는데 나는 달달한 간이 배고 반짝반짝 윤이 나는 콩자반을 제일 좋아했다. 그런 반찬을 해달라고 어머니에게 졸랐으나 한 번도 만족해보지 못했다.

그때의 갈망이 채워지지 않은 탓일까. 나의 콩 사랑은 지극하다.

지금도 저녁 대용으로 볶은 콩을 상식한다. 인절미의 콩고물이 잘못된 호흡으로 날리는 것도 아까워할 정도다.

이 숙맥, 용가리 통뼈도 모르다니

'숙맥菽麥'이라는 말이 있다. 콩菽과 보리麥이다.

콩과 보리조차 구분하지 못할 정도로 세상 물정 모르는 어수룩한 사람을 칭하는데, 보통은 '쑥맥'이라고 힘주어 발음한다.

2022년 '멸공'이 대통령선거전에서 보수와 진보의 논쟁으로 불붙자, 보수 쪽 후보가 한 대형마트에서 '멸치'와 '콩'을 사는 일이 벌어졌다. 급기야는 그것을 반찬으로 식사하는 모습을 연출하며 멸공 챌린지가 이어졌다. 선거판에서 멸공이 졸지에 '멸콩'으로 변신하는 우스꽝스러운 놀이도 있었다.

콩꽃이 어떻게 생겼는지도 모르던 사람들이 어이없게 콩을 정치판에 끌어들인 거다. 그 사람들은 콩의 원조가 돌콩이고, 우리나라가 고향이란 사실을 알기나 했을까? 아마 몰랐을 거다. 그렇다면 해줄 말이 있다.

"이, 쑥맥들아!"

◆◆◆

↑ 돌콩은 2장의 떡잎이 먼저 나서 광합성을 한 양분으로 본 잎을 3장씩 낸다. 이때부터 떡잎의 도움 없이 독립생장을 시작한다.

돌콩은 우리나라 각처의 산과 들, 만주에 이르기까지 넓은 지역에서 자생하는 한해살이 덩굴 식물이다. 지하에서 콩짜개가 밀어 올린 떡잎 두 장으로 성장이 시작되면 그때부터 3장의 본잎이 삼각의 평형을 이루며 피어난다.

이 잎은 밤잠은 물론 낮잠을 잔다. 낮엔 안쪽으로 밤엔 바깥 방향으로 잎을 접어서 몸의 수분을 지키기 위한 퍼포먼스를 펼친다. 잎줄기 관절의 유연성이 놀랍다.

내친김에 줄기의 원천을 찾아 나섰다.

덩굴은 뿌리에서 나온 원줄기라 해도 가지 덩굴과 굵기에서는 그다지 차이가 없었다. 얕은 나무에 걸친 덩굴 하나를 잡아 역으로 뿌리를 찾아가는 여정은 만만하지 않았다. 서로

를 꼬은 수십 가닥의 줄기는 거대한 교량을 받치는 사장교의 와이어처럼 강하다. 떨어지지 않으려는 악착이 워낙 강해 모질게 감고, 단단히 움켜쥐었다. 반복적으로 두 줄기씩 갈라지며 넓게 퍼져서 온전히 분리하는 일은 거의 불가능했다. 원줄기를 찾아 뿌리를 캐보려 했으나 얼마나 깊이 박혔는지 땅속 돌멩이 사이사이를 비집고 뻗쳐서 그 끝을 보려고 파헤치는 게 미안할 정도였다.

사람들은 콩꽃이 얼마나 예쁜지를 모를 것이다.

◆◆◆

↖ 콩은 덩굴성이라서 모든 것을 타고 오른다. 작물로서의 콩은 줄기를 굵게 하여 직립성으로 개량했으며, 수확의 효율성을 높이도록 탈립하지 않는 열성을 이용했다.

↑ 작지만 아름답다. 5장의 꽃잎은 상중하 3부분으로 나뉘며 가운데의 익판에 나비가 앉아 꽃잎이 벌어지며, 용골판 속에 있는 꿀을 맛보는 동안 꽃가루가 교환된다.

칠팔월, 한여름에 잎겨드랑이에서 홍자색 꽃이 피어난다. 작은 나비가 살포시 내려앉은 모양이지만, 구조는 매우 복잡해서 언뜻 봐서는 진면목을 알기 어렵다.

꽃잎은 모두 5장. 상중하 3부분으로 나뉘며 역할이 다르다.

제일 위쪽의 크게 보이는 부채 모양으로 광배를 형성한 1개의 꽃잎은 '기판基瓣'이다. '판瓣'은 꽃잎. 기본적인 꽃잎으로 보면 된다. 중간에 양쪽으로 벌어진 2장의 꽃잎은 날개처럼 펼쳐졌다 해서 '익판翼瓣'으로 부른다. 벌·나비가 날아와 착지하라고 준비해둔 헬리포트가 익판이다. 돌콩꽃은 꽃술이 보이지 않는다. 꽃술을 숨기고 있는 맨 밑 2장의 꽃잎을 '용골판龍骨瓣'이라 부른다. 겨우 3센티미터에 불과한 꽃에 웬 용골? 용골이라면 용의 등뼈?

아주 작은 돌콩에 '클 태太'는 그런대로 이해하고 넘어갔다. 그런데 이건 너무 심한 과장 아닌가? 이 작은 꽃에 용이란 어마어마한 상상의 동물이 인용되다니.

사실 용골이란 뱃머리로부터 배꼬리까지 배의 아래를 지탱하며 중심을 잡는 축을 일컫는 호칭이다. 이 용골판이 1개의 암술과 10개의 수술, 그리고 씨방을 보호하는 호위무사 역할을 하는 것이다. 익판을 누르면 그 아래의 용골판에 압력이 가해져서 틈이 벌어지는데, 그 틈 사이로 꽃술이 솟아오를 때 벌·나비의 몸통에 묻은 꽃가루가 교환된다. 지렛대의 원리다.

수분이 이루어지면 꼬투리 안에서 콩알이 익어간다.

쓸모라고는 없을 것 같은 저 잡초에도 기똥찬 과학이 숨어 있었다.

보통의 꽃들은 쉬이 수정하기 위해 자신을 드러낸다.

어찌, 돌콩은 작은 꽃에 이토록 복잡다단한 구조를 갖추었을까.

가을이면 콩깍지가 순간 비트는 힘으로 콩은 튕겨 나간다.

꼬투리가 잘 벌어지는 종류가 자연에서는 우성이지만, 수확에는 탈립

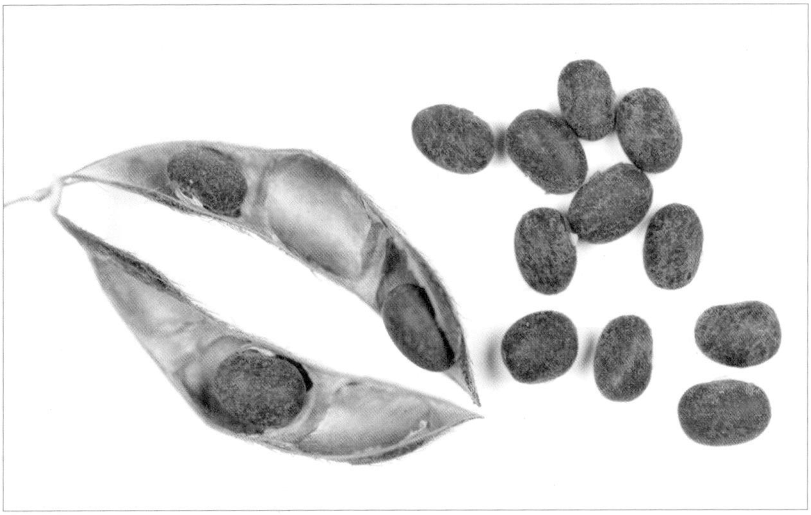

◆◆◆

↑ 콩깍지의 비트는 힘으로 3개의 콩이 튀겨나간다. 콩은 엄청나게 딱딱하다.

◆◆◆

↑ 작물 콩의 뿌리에 붙은 뿌리혹박테리아

↗ 콩잎의 낮잠. 끝 잎을 수직으로 세워 나머지 두 잎과 밀착함으로써 지나친 수분의 증산을 억제하고 강한 햇빛이 닿는 면적을 줄인다. 관절이 뭉툭하고 유연하며 튼튼하다.

하지 않는 열성이 유리하다. 사람들은 덩굴을 작고 굳센 직립성 콩대로 개량하여 열성을 덧붙였다.

2007년, 미국 농무부에서 1900년대 초부터 수십 년에 걸쳐 우리 땅에서 수집해 간 토종 씨앗들을 돌려주었다. 정작 우리 땅에서는 멸종되어버린 희귀한 씨앗이 100년이 넘어 고국을 찾아온 것이다. 그중 돌콩이 351점으로 가장 많았다니 눈이 휘둥그레진다.

세계는 종자 전쟁 중이다. 우리가 먹는 콩의 95퍼센트가 수입 콩인 현실에서 원조란 말도 부끄럽다. 씨알을 지키려는 정신을 빼앗기지 말았으면 좋겠다.

작다고 얕보지 마라

돌콩은 덩굴이지만 다른 식물에 그다지 해를 가하지는 않는다.

그래도 여전히 잡초다. 뽑히고 배척당하면서도 그들은 어떻게 이 땅에서 멸종하지 않고 생명을 이어올 수 있었을까.

무엇보다 자생능력이 강하다.

척박한 땅으로 내몰리면서도 뿌리혹박테리아와의 공생을 통해 공기 중의 질소를 비료로 만들어 지력을 높이는 능력으로 살아남았다. 박테리아는 균이다. 애초 둘 사이의 관계는 적이었을 텐데, 어찌하여 콩의 뿌리에 붙어 좋은 관계를 맺게 되었을까.

콩의 생존지략을 인정해야 할 것이다.

게다가 덩굴은 촉각이 뛰어나다.

《매혹하는 식물의 뇌》에서 "식물도 오감이 있다"라고 한 스테파노 만쿠소Stefano Mancuso의 말에 선뜻 동의하기 어려울 것이다. 그러나 나는 인정한

다. 인간의 방식을 고집하지 않으면 이해가 된다. 그들은 뇌가 없어도 다른 방식으로 생각한다.

민감한 덩굴손은 정보를 수집하여 주변의 것을 휘감고 성장의 지지대로 이용했다. 그러는 동안 '저 안에 태풍, 천둥과 벼락 몇 개'가 들어차고, '땡볕 두어 달, 초승달 몇 날'이 들어찼다.

그 안에 천지의 기운이 들어 있으니 돌돌 돌콩! 작다고 얕보지 마라.

내 건강은 그로 인해 유지되는 것일지도 모른다.

콩 만큼이나 많은 단백질을 얻을 식물은 없다. 거름을 주지 않아도 스스로 자란다. 두드려 패거나 메쳐서 털 만큼 수확이 쉽고, 껍질을 벗길 일도 없으니 일손이 가볍다. 사랑받기는 자기하기 나름이다.

한번은 돌콩을 모아 며칠간 물에 불려 콩밥을 지었었다. 그러나 먹기에 불편했다. 아직 남은 돌콩의 딱딱함을 내 이빨은 감당하기 어려웠다.

역시 돌콩, 강하군!

고추잠자리 노니는 가을 들녘에 나가 이 땅을 지켜온 돌콩의 꼬투리 터지는 소리를 느껴보자. 겨울 들판에선 감고 버티던 줄기가 빈 깍지를 달고 아직도 용을 쓴다.

몸이 바스러져도 놓지 않아야 할 만큼 소중한 것을 붙잡고 살아야겠다는 악다구니다.

나는 언제 이렇게 목숨 걸고 무언가를 잡아본 적이 있던가?

다짐한다. 그래도 '쑥맥'은 되지 말자.

목화는 1년생 풀이지만 목질화한 튼튼한 줄기가 계속 가지를 뻗으면서
순차적으로 꽃을 피우고 열매를 맺는다.

목화

돌아라, 물레야!

아름답지도 않고, 맛도 없는 것이

어릴 적 목화에 대한 추억 몇 가지가 있다. 아직 덜 익은 목화 다래 껍질 안의 촉촉한 단물을 빨아먹던 것이 그 하나다.

또 하나는 어머니가 이불을 짓던 광경이다. 5일 장이 열릴 때마다 어머니는 수확한 목화를 한 자루 두 자루씩 사서는 마루 벽장에 포개어 쌓아 놓으셨다. 가을 어느 한 날 솜틀집에 가서 활을 타 씨를 뺀 보송보송한 솜덩이를 이고 돌아오셨다. 그러고는 풀을 바삭하게 먹인 하얀 홑청에 편평하게 펼치고 이웃집 아주머니와 각을 잡아가며 한 뼘이나 됨직한 큰 바늘로 땀을 해서 이불과 요를 만드셨다. 금실은실로 모란 수를 놓은 울긋불긋한 겉감으로 완성하신 양단 이불에선 두둑한 광채가 났고 어머니는 한시름 던 듯 뿌듯해하셨다.

목화의 꽃말이 '어머니의 사랑'이라니 참 잘 어울린다.

2023년 1월 〈문화일보〉에 실린 가상인간 한유아 프로젝트 시리즈 한편을 접했다. 한 소설가와 그동안 학습한 언어 데이터로 챗GPT를 하는 가운데, 그녀는 가장 쓸모 있는 농작물은 바로 밀과 쌀이지만 "목화는 정말 실용적인 작물"이라고 답했다. 그러면서 "목화가 없었다면 사람들은 추운 겨울을 어떻게 살았을까" 반문한다.

목화로 만든 옷이 보급되자 가볍고 산뜻하여 무겁고 냄새나는 가죽이나 털옷을 단숨에 대체했다. 동서양 모두 동일한 현상이었다. 자주 빨아 입을 수 있으니 위생이 개선되었고 활동량도 늘어났다. 누비 솜옷이나 이불로는 동지섣달의 추위를 이겨냈다. 옷으로 구분하던 신분 계층도 면직물의 등장으로 평준화하였다.

역사적으로는 산업혁명의 도화선이며 제국주의와 자본주의 그리고 민주주의와 공산주의라는, 지금까지도 계속되는 거대담론의 연원에 개입되어있는 풀이 목화다.

이런 사실에 다다르면 목화는 단지 생존에 도움이 되는 하나의 초목에 그치지 않는다.

만사는 자기 할 나름, 식물이 사랑받으려면 보통은 꽃이 아름답든지, 열매가 맛있어야 한다. 목화를 택한 것은 쓸모였다.

면(棉)이 면(綿)으로

태양을 사랑하는 목화 꽃은 초여름부터 서리가 내릴 때까지 피고 진다.

일조시간이 길어지고 기온이 높아짐에 따라 하루가 다르게 무성해가는 주 줄기는 곧게 자라며, 15~20개의 마디마다 잎이 달린다. 그 잎겨드랑이에서는 가지가 돋는데 꽃이 피는 가지와 그렇지 않은 가지가 있다. 일단 목화를 생장시키는 역할을 맡은 발육지가 먼저 나서 성장이 정착되면 그 위로 나는 가지들이 차례대로 꽃을 피우고 열매를 맺는 일을 반복하며 쭉쭉 자란다.

따뜻한 고향 인도의 기온과 비슷한 시기에 맞추어 꽃봉오리는 햇살 뜨거운 7월에 맺기 시작한다. 그러니 농부에게는 아주 힘든 시기다. 미국 목화밭에서 일하는 흑인 노예의 한 섞인 필드 홀러field holler가 들려온다. 봉오리를 감싼 포엽 3장은 블루스 리듬에서 재즈로 승화하듯 타오르는 불꽃 형상으로 꽉 껴안고 일생을 지켜준다.

꽃은 청초하고 여리다. 무궁화나 접시꽃과 구조가 비슷한데 알고 보면 둘 다 한통속으로 아욱과다.

◆◆◆

↑ 목화꽃은 무궁화, 접시꽃이 피는 뜨거운 여름에 핀다. 꽃 생김이 비슷한데 모두 아욱과에 속하지만 청초하고 여리다.

↗ 타오르는 불꽃 형상으로 봉오리를 감싼 포엽은 3장. 꽃봉오리일 때부터 열매가 익을 때까지 꽉 껴안고 일생을 지켜준다.

5장의 야들야들한 꽃잎은 팔랑개비처럼 나선상으로 엇대어 피어난다. 꽃 안에는 1개의 원통형 암술 봉에 100여 개 넘는 수술대가 뻗어난다. 전체적으로는 작은 도깨비방망이 모양이다. 꽃이 깊어 나비가 접근하기는 어렵다. 그렇다고 굳이 벌을 기다리지도 않는다. 개화 첫째 날 제꽃가루받이로 수정을 마치며 다음날 짙은 분홍으로 물들어가다 3일째엔 통째로 떨어져 내린다. 한 꽃의 일생은 너무나 짧지만 계속 자라나는 가지에서 늦가을까지 피고 지고를 잇는다.

둥근 달걀모양으로 럭비공 같은 두꺼운 껍질의 다래가 익으면 두 번째로 하얀 꽃이 피어난다. 목화밭의 장관은 이때가 제격이다. 보풀이다. 이를 '면화棉花'라고 하는데 네댓 개의 방마다 10개 전후로 들어찬 씨는 얼키설키 둘러싼 솜의 보호를 받는다.

꽃이 다래가 되고 다시 섬유질 보풀의 목화송이가 되는 숭어리로의 변신은 자연만이 가진 경이로움이다. 이를 가공하면 솜이 되고, 한자로는 '나무 목木' 변이 '실 사糸'로 바뀐 '면綿'이 된다. 다래가 터지는 순간, 수분이 증발하면서 생긴다.

셀룰로스가 주성분인 가는 섬유질 피브릴은 나선형으로 꼬여 겹쳐져 있는데, 실의 단면을 보면 가운데가 비어 있다. 목화솜의 보온성과 장력의 비밀이 여기에 있다.

문익점과 산업혁명, 자본주의와 마르크스

우리나라에 목화를 전래한 사람은 고려 공민왕 때의 문익점文益漸(1331~1400)이다.

문익점은 이른바 조선판 산업혁명을 일으킨 주역이다. 백성들이 따뜻하게 입을 옷을 상상하고 원나라에서 목화를 들여와 재배하고 옷을 짜고 보급하도록 한 공로는 실로 어느 위대한 정치가보다 뛰어난 경세가로 추앙받아 마땅하다.

장인 정천익은 천신만고 끝에 싹을 틔워 널리 퍼트린다. 또 손자인 문래文萊는 실 만드는 기계인 '물레'를, 또 다른 손자인 문영文英은 베틀을 제작하도록 돕는다. 그 둘의 이름을 따서 '문래'와 '문영베'로 부르던 것이 발음변화를 일으켜 '물레'와 '무명베'가 되었으니 원천적인 저작권은 문익점 일가가 소유한 셈이다.

우리나라보다 300년 이상이 지난 후에야 영국은 면직물에 눈을 떴다. 1660년 동인도회사가 인도의 캘리코 항을 통해 들여온 목면이 모직 의류보다 가볍고 땀을 잘 흡수하며 부드러울 뿐만 아니라 다양한 색상으로 염색을 할 수 있는 장점이 인식되면서 폭발적인 인기를 끌었다. 1765년 제임스 와트가 발명한 증기기관으로 동력을 얻으면서 씨를 빼는 물레, 실을 뽑는 방적기, 천을 짜는 방직기가 기계화되며 공장에서의 생산이 급증했다.

인류의 미래를 바꾼 산업혁명이 시작된 것이다. 대량으로 생산된 상품이 해상무역을 통해 날개 돋친 듯 팔려나가 영국은 '해가 지지 않는 나라'로 우뚝 선다.

비가 많이 오고 한랭 기후여서 목화 농사에 적합하지 않은 영국은 신생의 미국을 최적의 재배지로 선택했다. 아프리카의 노예를 사들여 미국의 면화 플랜트에 노동력을 공급해주면서 목화생산량을 늘려나갔다. 수입한 솜으로 만든 상품을 다시 되파는 '삼각무역'으로 알도 먹고 꿩도 먹는 대박을 쳤다. 미국 역시 노예를 혹사하여 번 돈을 원천으로 세계 최고의 강대국이 되었다.

면 산업은 산업혁명의 선도에 머물지 않고 자본주의 자체를 발전시키고 민주주의를 성숙시킨 것만은 분명하다. 그러나 노예제와 강제노동, 식민지 약탈과 제국의 팽창, 무력을 동원한 무역이 국가의 이름 아래 자행되는 것을 합리화하였다. 《면화의 제국》을 쓴 스벤 베커트Sven Beckert는 이를 '전쟁 자본주의'라고 했다.

간디의 비폭력 저항도 다시 물레를 돌리는 일로부터 시작했다.

마르크스는 엥겔스의 제안으로 영국을 여행하며 방직공장의 현실을 돌아다본다.

↖ 실을 잣는 도구인 물레

↑ 산업혁명의 도화선이 된 방직공장.
여성과 아동을 노동에 동원했다.

← 면직물의 원류는 인도.
간디는 물레를 다시 돌리는 것으로 영국에 대한 비폭력 저항운동을 시작했다.

노동의 주역은 거의가 아동과 여성으로 하루 14시간 이상을 기계 앞에 매달려 있도록 강요당했다. 콜레라 같은 전염병으로 많은 사람이 죽어 나갔고 학교에도 다니지 못했다. 부르주아와 프롤레타리아 계급이 탄생하며 사회구조는 크게 차별화되었다. 상품화와 인간 소외가 모순임을 직시한 그는《자본론》저술에 힘을 쏟았다. 이 과정에서 엥겔스는 아버지의 방직공장을 운영하며 얻은 경제적 여유로 마르크스를 지원했다. 프롤레타리아의 노동력을 착취하여 얻은 자본으로 마르크스의 생활과 철학을 지탱하게 해주었다니 역사의 뒤곁에 숨은 진실은 이렇게 당혹스럽기도 하다.

이렇듯 목화 하나에 얽힌 사상사는 제국주의를 거쳐 자본주의, 그리고 현재까지도 대립하는 이념인 공산주의의 탄생에까지 잇닿는다.

볼셰비키 혁명으로 탄생한 소비에트연방은 비옥한 우즈베키스탄을 목화재배지로 선택한다. 1937년 강제로 이주당한 카레이스키의 고된 콜호즈 역사도 스며 있으니 남의 얘기만은 아니다.

오늘날에도 강대국은 목화를 기반산업으로 한다는 점에 주목할 필요가 있다.

물레타령 흥얼거릴 그 날

목화는 식량 작물이 아니면서도 가치가 높은 식물이다.

아직도 목화솜을 대체할 식물은 없다.

배냇저고리와 기저귀, 탈지면과 청바지에 이르기까지 그 원료는 목화솜이다. 지폐의 원료도 면섬유라는 사실을 알면 그 효용성을 가늠하기는 어렵다.

만일 목화가 없었다면 지금의 문명이 가능할 수 있었을까?

너무나 쓸모가 많아서 전유하려 했던 인간이 문제였다. 자연에 대한 순수함이 사라질 때 드러난 빈부의 파장, 환경의 파괴, 차별과 착란은 형언키 어려운 고통을 수반했다.

머리에 수건 쓰고 솜 부푸러기로 눈썹이 희어지면서 이불을 만들던 어머니의 온정이 그립다.

낡아빠진 사상들을 거두고 새롭게 씨실과 날실을 엮어 인류가 살아가야 할 궁극의 흰 천을 다시 짜야 할 때다.

누가 뭐래도 우리의 유일한 낙원은 지구다.

하늘의 직녀와 함께 물레타령 흥얼거릴 세계를 공상해본다.

버드나무

엄마의 약손

꽃샘잎샘 추위가 귓불을 스칠 즈음 '봄 기다리는 맘'을 가장 먼저 충동질하는 것은 버드나무다.

녹색을 가장 먼저 드러내는 버드나무는 열대를 제외한 거의 모든 지역을 터로 한다. 물가나 고산을 마다하지 않으며, 동서양을 막론하고 신화나 종교, 문화 속에도 어김없이 등장한다.

사람마다 버드나무에 얽힌 추억 몇 개쯤은 지니고 있을 것이다. 어릴 적, 겨울이면 Y자형 가지를 꺾어 불에 쬐며 형태를 잡아 고무줄 새총을 만들던 추억이 있다. 신이 나면 물오른 가지의 껍질을 비틀어 만든 호드기 두 개를 한입에 물고 봄맞이 팡파르를 울려대곤 했었다. 목질의 물기는 달아서 핥아먹기도 했다.

1998년 5월, 긴장 속에 도착한 평양은 과연 옛 이름 유경柳京답게 가로수로 심은 버드나무에서 씨앗을 매단 솜털이 눈처럼 휘날렸고, 유속이 느린 보통강을 뽀얗게 뒤덮었다. 여장을 푼 뒤 사람들 틈에 끼어 강변을 걸으며 평양감사의 꿈에 젖어 있을 즈음 안내원 동지가 등을 툭툭 치는 통에 일장춘몽은 아쉽게 끝나버렸었다.

2022년 5월 코로나19 처방 약이 부족했던 북한에서 인민들에게 열을 내리려면 버드나무 잎을 우려서 하루에 3번 먹으라고 했다는 뉴스를 접하곤 가슴이 아렸다. 버드나무의 살리실산이 아스피린의 원료이니 근거가

◆◆◆

↑ 얼음 강가에 핀 버들개지

없진 않으나, 이 시대의 처방이 기원전 5세기의 히포크라테스가 내린 처방과 다르지 않음이 안타까웠다.

아름다운 이름 '버들개지', 너는 꽃인가?

실개천의 얼음장 밑으로 졸졸 흐르는 시냇물 소리가 조금씩 커지기 시작하면 어느새 은색 털옷을 입은 갯버들 요정들이 윤슬처럼 반짝인다. 봄 아가씨는 그렇게 오신다.

골무 같은 인편을 벗어낸 버들개지는 해를 향해 등을 구부린다.

녹색의 암꽃에 앞서 피는 수꽃은 무척 아름답다. 밍크처럼 고운 은색의 털 속에서 햇볕을 잘 쬔 붉은 수술은 형광의 노랑 꽃밥으로 변색한다. 반면, 암꽃은 수수하다. 아름다운 꽃받침이나 꽃잎을 만들려는 헛심보다 실리를 택해 씨방 옆에 도자기처럼 생긴 꿀단지를 마련해놓았다. 멀리서 보아도 암수 나무의 구별이 가능하다.

사람은 눈에서, 식물은 꽃에서 영혼을 느낀다고 한다.

씨방 하나를 수정시켜 씨로 자라는데 필요한 것은 미세먼지 같은 꽃가루 요만큼.

씨 하나가 자란 한그루는 매년 수십만 송이의 꽃을 피운다. 성공적인 생식은 드문 일이지만, 빅뱅에 버금가는 새로운 가능성이 열린다. 그것을 위해 저토록 분주하다.

국어사전에는 버들개지나 버들강아지를 둘 다 표준어로 인정하여 버드나무 꽃이라고 하지만, 꽃망울이냐 꽃이냐는 개념은 분명하게 정립되지 않은 것 같다. 어깨에 망토를 두른 꽃눈이 터지기 이전까지, 즉 꽃망울의 시기라고 하기도 하고, 혹자는 따로 떼어 버들강아지는 꽃 진 후의 결실인

씨앗과 부푼 솜이라고 주장하기도 한다.

다만 일반적으로는 꽃망울과 꽃, 열매를 구분해 부르면서 버드나무에 대해서만큼은 통틀어 '버들개지' 혹은 '버들강아지'로 부르는 연유가 궁금하다.

홍랑과 오필리어

아름다운 연시 한 편이 떠오른다.

묏버들 갈해 것거 보내노라 님의 손듸
자시난 창밧긔 심거 두고 보쇼서
밤비에 새닙곳 나거든 날인가도 너기쇼서

조선시대 함경도의 관기인 홍랑은 북도평사 최경창과 별리의 정표로 묏버들 가지를 전했다. 이황과 두향 사이의 매화만큼이나 애절한 사연이 전해오는 시조다.

어릴 적 텃밭에 얼기설기 엮은 울타리에서 유독 싹이 나는 나무가 버드나무 가지여서 신기한 적이 있었다. 대개 삽목으로 자라는 나무는 위로는 줄기, 아래로는 뿌리를 발생시키는 극성이 있으므로 거꾸로 심으면 자라지 못하는데, 버드나무는 상관이 없다. 줄기에는 뿌리가 돋는 부정근不定根 세

◆◆◆

↖ 버드나무는 암수나무가 다르다. 씨방 하나를 수정시키기 위해 날아간 꽃가루는 요만큼. 씨 하나가 자란 한 그루는 매년 수십만 송이의 꽃을 피운다.(왼쪽 암꽃, 오른쪽 수꽃)

← 암꽃의 성숙. 보풀에 씨 하나씩을 달고 날아간다. 때론 꽃가루로 오인하여 미움을 받기도 한다.

포가 많이 잠재한다. 본체로부터 이탈되었음을 인지한 순간 플랜B가 본능적으로 발휘되어 뿌리를 내는 재생에 신속히 몰입한다.

버드나무에는 올라가지 말라는 말도 많이 들었다.

식물에 관해서는 셰익스피어가 '덕후'다. 《햄릿》에서는 오필리어가 화환을 걸려고 버드나무에 오르다가 가지가 꺾인다. 드레스가 물에 젖어 드는 중 노래를 부르며 죽음을 맞이하는 비극은 절정에 이른다.

버드나무는 빨리 자라는 만큼 강도는 약하다. 그래서일까, 능동적으로 가지를 잘라내는 마법을 부린다. 나무가 자라면 아래쪽의 가지에 예비 식량을 저장한 다음 밑동의 수분을 마르게 하여 떨어뜨린다. 그 중 어느 하나쯤 강둑에 걸리면 뿌리를 내리고 살아가는 것이다. 인근에 수형이 닮은 버드나무가 있다면 동일한 DNA를 가진 도플갱어일 가능성이 높다. 손오공이 머리카락을 뽑아서 분신을 만드는 것과 비슷하다. 만일 그가 사람의 보호를 받는 수종이었다면 이런 본능이 남아있었을까?

1월 어느 날 갯버들 숲으로 들어가 보았다.

무성한 잔가지가 패턴 없이 흐드러져 허리를 구부린 채로 들어가 본 숲 안. 의외로 제대로 서서 자라는 나무가 많지 않았다. 칡에 억눌려 스러지거나, 새의 부리에 구멍이 나고, 도장버섯이 우산처럼 둘러쳐져 있다. 마치 전쟁터의 야전병원처럼 신음하는 나무들로 어지러웠다. 비스듬한 중간의 줄기가 위험을 감지한 탓인지 굵은 뿌리를 내리며 지탱하는 것도 보였다. 그 안에 생과 사가 얽히어 있었다.

멀리서 바라보던 아름다운 숲은 나무를 보지 못함이란 것을 그제야 깨달았다.

중심 줄기 없이 모여 살다가 한 몸 되어 연리목으로 둥치를 굵게 한 나무들은 서로를 의지하며 교목으로 살아남았다. 한곳에 살지만, 삶의 과정은 저리도 다르다.

버드나무는 무수한 뿌리가 힘의 원천이다. 물속에서도 썩지 않고 녹아있는 산소까지 흡수하면서 생명을 이어간다.

급류 계곡에서 흙이나 돌들을 이리 묶고 저리 감은 뿌리 아귀는 엄청나게 세다. 특히 물가는 물이 차거나 마르는 환경의 변화가 극심한데 털보처럼 덥수룩한 실뿌리를 내어 기온의 변화를 감지하며, 호흡을 돕는다. 큰 나무는 한여름 습기가 심할 때면 두꺼운 코르크를 비집고 난데없이 줄기에

◆◆◆

↖ 숫 버드나무의 만개. 잎보다 먼저 핀다.

◆◆◆

↑ 버드나무는 능동적으로 가지를 잘라낸다. 이 가지가 어딘가에 정착하면 뿌리를 내리고 자라난다.

↑ 겨울 끄트머리쯤 들어가 본 버드나무 숲. 얼키설키 어지러운 듯하지만 생존의 질서는 그곳에도 존재한다.

서 주홍색 수염뿌리를 돋우기도 한다.

뿌리는 땅속에서만 자란다는 상식을 파괴하는 아이콘이다.

마법의 아스피린

버드나무가 봄에 제일 먼저 잎을 피워내고 늦가을까지 자라는 것은 물관과 헛물관이 산재하기 때문이다. 나이테도 분명하게 구분이 되지 않는다.

줄기에 나는 잎은 3회전에 8개로 피보나치 수열을 이룬다. 서로 햇빛을 잘 받기 위한 황금률이며 날렵한 유선형이다.

한 시인은 "갸름한 잎사귀를 누가 마름했을까"라고 물었다. 서천서역국으로 생명화를 구하러 가는 삼신할미는 버들잎으로 만든 배를 탔고, 소월은 "실버들을 천만사 늘어놓고도 가는 봄을 잡지도 못한단 말인가"라고 노래했다.

이파리의 기억은 뿌리에 있다고 했던가.

잎의 맛은 쓰다. 잎이 애벌레의 공격을 받으면 탄닌이나 페놀의 농도를 증가시키는 고독한 싸움을 벌인다. 동시에 이웃은 물론 1~2킬로미터나 멀리 떨어진 나무에까지 휘발성 신호를 보내 비상 경계령을 내린다. 생존본능을 넘는 공동체의 소통 메커니즘은 실로 놀랍다. 그 결과 버드나무는 치명을 당할 만큼 먹히지 않는다. 이를 관찰한 어떤 학자는 '말하는 나무'라고 불렀다.

버드나무가 잘 자라고, 빨리 자라는 이유는 잎에 있다. 식물이 크고 잘 자라기 위해서는 질소를 많이 흡수해야 한다. 뿌리 아닌 잎과 줄기에 특이한 미생물이 있어서 공기 중의 질소를 쉽게 고정하여 양분을 만들어 낸다.

서울 한강변 반포 시민공원의 버드나무가 헤드 뱅뱅, 바람에 몹시 흔들린다.

일반 식물에서는 흔하지 않은 공생의 형태다.

민간에서 내려오던 버드나무의 약성에 주목한 독일의 펠릭스 호프만은 1897년 껍질과 잎에서 생성된 살리실산이 해열·진통 작용을 하는 것을 발견하였다. 이를 바이엘사가 인공합성하여 보편화한 약이 아스피린이다. 해리 포터에선 호그와트에 큰 버드나무가 자라고 마법사들의 지팡이도 버드나무다. 페니실린, 모르핀과 함께 3대 명약으로 꼽히는 아스피린. 버드나무의 효능은 120년 이상이 지난 오늘날에도 여전히 새롭게 발견되고 있다. 마법은 아직 끝나지 않았다.

경계에 선 버드나무

오늘도 버드나무는 개척자로서 물과 뭍, 겨울과 봄의 경계에 서서 진자리를 지키며 살아갈 것이다. 가장 먼저 봄 잎을 피워냈음에도 여름에 다시 잎을 내어 늦가을까지 성장한다. 그러니 늦도록 푸르르다. 강한 초록 심장을 지니고 있으니 저리도 생명력이 강한 거겠지.

식물은 인간 없이도 살아갈 수 있다. 인간은 식물 없이 살아갈 수 있을까? 애석하게도 식물의 날숨을 3분만 들이키지 못해도 뇌사상태에 이르는 우리 아닌가.

나무는 '오래된 미래'다. 늘 거기 있다. 우리에게 자리를 내어주고도 넉넉하다.

그중 버드나무는 엄마의 약손이다. 엄마가 이마를 만져주면 열이 내렸고, 배를 쓸어주면 어느덧 고통이 사라졌다.

바람에 살랑거리는 수양이 지구의 아픔을 다독이는 손길 같다.

옻나무

칠흑에서 발하는 투명

신의 혈액

이전까진 '칠한다'는 말의 어원을 생각해본 적이 없었다. 그런데 '칠'이 옻을 말한다면, '칠흑 같은 밤'이 옻의 색이라면, 정말일까? 사실이다.

'칠漆'은 '옻나무가 물방울을 흘리는 형상'의 상형문자다. 영어로는 Lacquer tree 또는 Varnish Tree라고 하니, '칠나무'인 것만은 동서양이 같다.

흔히 '옻칠'이라고 하는 것이, '옻'은 우리말이고 '칠'은 한자라서 동어 반복이지만, 사전에서도 그대로 인정하고 있다.

옻칠의 역사는 4천 년 그 이상으로 낙랑고분, 고구려의 고분벽화, 백제의 무령왕릉, 신라의 천마총에서 출토된 옻칠 제품들이 수천 년의 세월을 견디어 왔음을 증명한다.

한때는 명맥이 끊길 뻔했다. 1960년대 이후 얇은 합판에 반짝이는 호마이카를 칠한 가구가 자개장롱을 안방에서 끌어냈다. 안살림 1번이었던 장

◆◆◆

← 봄이면 가지 끝에 모여 있던 눈이 트며 사방으로 잎이 먼저 피어난다.

롱은 마당 구석으로 쫓겨나 연탄창고로 쓰이거나 불쏘시개로 산화했다. 그러나 은근한 깊이와 묵직한 무게감이 느껴지는 옻칠의 매력은 다시 각광을 받고 있다. 영구적으로 천년 세월을 가는 자연재료는 옻칠뿐임을 깨달은 것이다.

'신의 혈액'으로 일컫는 옻이 현대의 생활 속으로 귀환하고 있다.

두려운 나무였다

어릴 적 땔감을 구하러 다니다가 옻나무를 보면 멀리 피해 다니거나 뛰어서 지나치곤 했다. 그만큼 두려운 나무였다.

옻 액 성분인 우루시올은 피부 면역체계를 뚫고 체내로 흡수, 림프관을 타고 이동하기에 전신에 걸쳐서 피부질환을 일으키며 휘발성이라서 주변에만 가도 독이 옮는다.

2020년 가을, 가까이서 사진을 찍고 만져보았으나 무사했던 탓일까. 이듬해 2월 중순, 급기야는 비장한 각오로 겨울눈에 손을 댔다. 가지나 줄기의 끝에 섀미가죽 같은 겉옷을 두르고 있는 갈색의 겨울눈이 몹시도 궁금했기 때문이다. 두 손을 합장한 듯한 끝눈은 주위의 곁눈보다 유독 컸다. 생김새도 달랐다. 얇은 라텍스 고무장갑을 끼고 마스크는 최대한 펴서 얼굴을 가리고는 대담하게 단면을 잘라 보았다.

우유색의 액이 바로 솟구쳐 오른다. 옻 물방울이 탱탱하게 부풀어 옆의 것과 합쳐진다. 수액의 관 구멍은 주변을 둘러 나 있으며 맨눈으로 보일 정도로 굵다. 그곳에서 퐁퐁 솟는다. 섣불리 만졌다간 큰일을 겪을 것 같다. 몇 개를 같은 방법으로 반복하여 관찰한 결과, 전체적으로는 잎과 꽃과 줄기의 요소가 같은 곳에 잠재한 혼아混芽로 보인다. 끝눈이 큰 이유이며 꽃

꽃이 자랄 줄기의 생장점이다.

4월이면 잎이 나며 꽃순이 솟는다. 옻순은 우리 민족만 먹는다. 봄나물의 제왕이라고 해서 체험의 기회를 가져 봤다. 동료들도 인정했다.

5월의 마지막 날을 택해 원주로 향했다. 이때부터 6월 초까지가 꽃의 절정기다.

꽃대는 잎의 겨드랑이에서 솟는다. 끝눈과 다닥다닥 붙어있던 곁눈, 잎눈이 어느새 야자나무처럼 무성하게 자라있었다. 마치 위로 쭉 뻗은 잎의 그늘에서 키운 꽃대에 달린 노란 연두의 꽃들은 하나하나가 모두 꿀단지다. 옻꽃 잔치에 초대된 벌들이 저음의 날갯짓으로 웅웅대며 바쁘게 돌아다닌다. 과장되지만 마치 F-1 그랑프리의 원근이 반복되는 경주차 굉음처

◆◆◆

↑ 조각한 기원탑 같은 정아가 궁금해 단면을 잘라보았다. 아니나 다를까, 옻액이 퐁퐁 솟는다. 잎눈 꽃눈이 함께 모인 혼아다. 봄에 잎겨드랑이에서 어린 꽃송이 오골오골 피어나는 걸 보니 그렇다.

럼 멍멍하다. 얼마나 부지런한지 오전 9시도 아니 되었건만 허벅지엔 노란 꽃가루를 떡처럼 붙여놓았다. 줄기에 붙은 진딧물에서 단물을 빨아먹는 개미가 위협하려는 듯 허공을 휘젓지만, 벌은 아랑곳하지 않는 광경도 보인다.

겨우 쌀 한 톨 만한 꽃은 수술 다섯 개에 암술 한 개, 꿀로 끈적한 씨방으로 구성된다. 무수한 꽃송이가 모여 원추형을 이루는 굵은 꽃대는 수정 이후 중력의 힘을 거스르지 못해 잎보다 아래로 쳐지는 역전현상이 벌어지는데, 작전이다. 결국 잎과의 거리를 벌려 햇빛을 고스란히 받아 열매를 익게 하려는 지혜다. 긴 꽃대는 목질화되어 새봄이 될 때까지도 열매 뭉치를 지탱할 만큼 강건하다. 둥글고 납작한 노란 열매는 투명 옻칠을 한 듯 윤기가 나며 씨앗도 노랗다.

잎은 홀수로 마주하며 9~15개 정도가 달린다. 두툼한 빨판처럼 붙은 잎자루 발바닥은 물관과 체관의 관다발이 유독 많아 광합성으로 만들어진 물질을 순환하는 능력이 뛰어남을 보여준다. 옻나무에서 진액이 많이 나는 이유 아닐까. 잎이 진 자리엔 러브 마크가 선명하게 각인되었다.

나는 옻이 잘 타지 않는 체질인가 보다. 새로운 발견이다. 아직까진 무사하다.

◆◆◆

↰ 6월초 어느새 무성하게 잎 대가 자란 사이로 꽃송이가 잔치를 벌인다. 잎 그늘에 차려진 꿀상을 받느라 벌들의 움직임이 바쁘다. 작은 굉음이 인다.

↖ 꽃대의 즙을 빠는 진딧물과 배설의 단물을 받아먹는 개미. 개미는 그들을 지켜주는 게 공생의 규약이라는 듯 꿀 빨기에 여념이 없는 벌을 위협하려 허리를 곧추 세웠다. 서로 자신의 임무에 충실하다.

← 원추형을 이루는 굵은 꽃대는 수정 이후 중력의 힘을 거스르지 못해 잎보다 아래로 쳐진다. 잎과의 거리를 벌려 햇빛을 고스란히 받아 열매를 익게 하려는 지혜다. 긴 꽃대는 새봄까지 열매 뭉치를 지탱할 만큼 강건하다. 둥글고 납작한 열매는 윤기가 난다.

베이는 아픔이 운명이라면

옻나무의 진액은 두툼한 나무껍질 바로 안쪽 부름켜에 풍부하다.

6월부터다. 한여름의 옻칠 채취는 정말 외롭고 고된 노동이다. 이른 아침 동틀 무렵에 시작하여 해가 중천을 지날 무렵까지 하는데, 비 오기 전날이나 흐린 날은 칠액이 많이 나오므로 작업 시간이 더 길다. 7~8월 한여름에 채취한 성칠盛漆을 가장 좋은 옻으로 치니 더위를 피할 수도 없다. 채취한 액은 묵직한 우윳빛으로 '생칠'이라 하는데, 공기를 맞으면 산화하여 '칠흑'처럼 검어진다.

진을 잘 짜내기 위해서는 어릴 때부터 나무의 형태를 곧게 잡아나간다. 본 줄기가 굵어야 진액이 많이 나기에 사람 크기 아래에 나는 가지는 모두 쳐낸다. 그렇게 7년을 자란 나무를 택해 밑동에서부터 시차를 두고 위로 향하면서 10곳 정도를 예리한 칼로 껍질을 도려낸다. 한 지점 당 3~4차례에 걸쳐 10개 이상, 둘레의 반 정도 길이로 홈을 파서 자상을 입은 상처에서 줄줄이 나오는 유액을 긁어모은다. 나무로서는 자기의 상처를 치료하기 위해 내는 칼로스callose다.

늦가을, 다시 가보았다. 천형의 상처를 새기며 살아가는 군상의 마을에 들어선 느낌이었다. 열을 맞춘 그루의 줄기마다 아물지 않은 칼날의 흔적에는 뚝뚝 흘린 '신의 혈액'이 허덕거리며 까맣게 말라가고 있었다.

옻 진을 모두 빼낸 나무는 생을 이어갈 수가 없다. 11월이면 베어진다.

심재는 유난히 채도가 높고 선명한 노란색이다. 공전하는 행성의 고리가 연상되는 나이테의 원은 삭이고 삭여서 승화된 아픔을 배태하고 있는 듯하다.

생이 너무 짧아 원통했나, 벤 나무의 뿌리에서는 아픔을 겪어야 함을 알면서 새봄에 다시 움이 여럿 돋는다. 그중 가장 충실한 한 두 개만 남기는

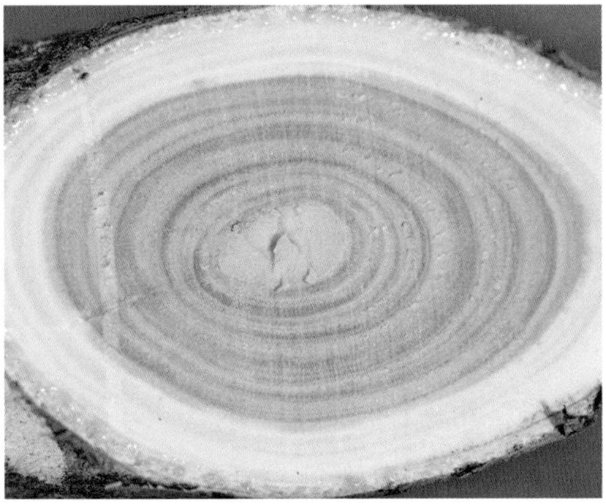

◆◆◆

↑ 옻액을 잘 뽑아내기 위해 가지를 쳐내서 곧게 키운다. 7년을 자라면 한여름에 예리한 칼로 자상을 내어 자가 상처치료제인 칼로스를 긁어모은다. 늦가을, 다시 가본 그곳엔 천형의 상처를 입은 군상들이 아물지 않은 흔적을 지닌 채 까맣게 말라가고 있었다. 곧 베어질 것이다.

← 심재의 채도가 유난히 높고 선명한 노란색이다. 나이테의 원에서 공전하는 행성의 고리가 연상된다. 베인지 꽤 되었건만 아직도 둘레로는 옻액이 솟는다.

맹아 갱신을 당한다.

생명력이 엄청나게 강해 또 그렇게 키 자람을 하며 시한부의 운명을 맞이할 것이다.

옻나무는 인간에게 절대 충성을 각오한 모양이다.

생명의 옷, 옻칠

중국에서 우리나라를 거쳐 일본으로 전해진 옻칠 문화는 저마다 독특하다.

중국은 수십 번 덧칠한 표면을 칼로 조각하여 그림을 새기는 조칠彫漆을, 일본은 금은 분을 칠에 배합하여 그림을 그리는 마키에蒔繪를, 우리는 조개껍데기를 여러 가지 형태로 오려내 기물에 붙인 뒤 옻칠로 마감하는 나전칠기螺鈿漆器를 발전시켰다.

나전은 '소라 라螺', '비녀 전鈿'으로, 조개껍데기의 광채를 이용하는 빛의 예술이다.

전복이나 소라 껍데기의 안쪽 면에 세월을 따라 켜켜이 쌓인 투명한 진주층 속에서 탄산칼슘의 무색투명한 결정이 프리즘과 같은 색광 현상을 일으키기 때문에 오색영롱한 빛깔이 발휘된다. 이를 활용해 불교가 융성하던 고려에선 귀한 경전을 보관하는 경함을 만들며 최고 예술의 경지로 승화되었다.

옻칠은 시간과 자연, 빛과 정성의 결정체다.

얇게 입히는 게 비결이다. 목심의 백골 위에 수십 번의 칠 작업을 거쳐 사포로 갈아 광을 내어야 비로소 진가가 드러난다. 모란이나 기하학적 무늬로 장식되는 자개는 치밀한 계산으로 조각되어 부착된다. 옻은 특이하

◆◆◆

↑ 채취한 옻액. 우윳빛 액은 공기를 만나면 산화하며 검어진다. 생칠은 수분과 불순물을 제거하는 정제 과정을 거쳐야만 고운 칠이 가능해진다. 칠과 건조를 수차례 반복하는 고된 과정을 거친다.

게 습도 70퍼센트가 넘는 상태에서 서서히 마른다. 그러지 않으면 균열이 생긴다. 세월이 흐를수록 탁했던 색감은 점차 투명해져서 나뭇결이 살아나며 은은하고 묵직한 빛깔을 내뿜는다. 이를 '옻이 핀다'고 표현한다. 이렇게 무생물에 입힌 '생명의 옷'은 풍상에도 흔들리지 않는 강한 생명력으로 천년의 빛을 발한다.

옻의 매력에 서양이 눈독을 들인 것은 17~8세기 대항해시대 때다.

이탈리아의 스트라디바리우스나 과르네리의 제작자들도 옻칠로 명기의 품질을 유지할 수 있으리라는 희망을 걸었으나 여의치 못했다. 옻을 대신할 연구가 활발하게 펼쳐졌다. 동양의 감성과 서양의 과학적 연구가 집단지성을 발휘하여 결국 '크레모나 바니쉬'라는 독특한 칠 재료를 탄생시켰다.

옻은 전자파 차단기능이 있어 미사일의 추적을 막는 스텔스기나 잠수함에 적용되고 있다. 명차의 도료로, 혹은 비행기나 군수 선박, 우주선 부품의 부식을 막기 위한 용도로 활용된다. 수분에서도 강한 접착력을 발휘하여 해저케이블의 보호막이나 의료용 접착제로도 응용된다.

전통 위에서 혁신이 일고, 혁신이 이룬 전통으로 역사는 진보한다.

영원이 깃든 나무

올해도 옻나무는 또 예리한 칼날에 온몸이 베일 것이다. 그래도 푸른 빛을 잃지 않을 것이며, 언제나 그랬듯이 가을에는 누구보다 일찍 붉은 단풍을 선사할 것이다.

옻나무는 의식주의 갈급을 해소해주는 식물은 아니다.

그런데도 인류의 긴 여정에 함께했었던 것은, 칠흑에서 투명으로 변신하는 옻이 3차원의 시공간을 넘고자 한 인간의 본성을 충족시켜 주었기 때문이리라.

옻칠의 발견은 불을 이용한 토기의 발명에 비견되는, 위대한 문화사적 사건이다.

무엇보다 우리는 옻칠로 인해 머나먼 과거의 유산을 현재에 고이 대할 수 있으며, 현재를 먼 미래로 이행시킨다.

독액에서 '영원'이란 속성을 발췌한 인간은 참 똑똑하다.

닥나무

일년의 생, 천년의 명

창호지의 추억

시골에서의 월동준비는 중요한 통과의례다.

입동을 전후한 맑은 어느 날, 동네 애들은 문짝을 들고 백곡천으로 나왔다. 특별히 약속한 것은 아니지만 묵시적 루틴이었다. 큰 돌 몇 개 얹어 흐르는 시냇물에 담그고는 고기를 잡고 놀면서 시간을 보내는 동안 문짝은 잘 불었다. 날카로운 조약돌로 창살에 낀 묵은 때와 종이를 벗기어 너른 곳에 널면 늦가을 햇살과 산들바람이 물기를 걷어갔다. 그동안 부모님은 치자로 물들인 한지를 겹겹이 붙여 장판을 깔고 들기름을 발라 매끄럽고 노오란 방바닥을 만들어놓으셨다. 미리 쑨 풀로 창호지를 붙인 문짝을 수수빗자루로 쓸고 입으로 물안개 뿜는 재미는 동생과 나의 차지였다. 문고리 주변 창살을 떼어낸 약간 너른 부분에는 창호지를 두 겹으로 바르고, 사이

◆◆◆

← 암꽃이 핀 닥나무. 닥나무는 암수 나무가 다르다. 암꽃은 올해 자란 가지에서 생긴 잎의 겨드랑이에서 하나씩 달리며, 분지의 시작 부분에는 잎이 없지만 하나씩 달린다. 그러므로 1년생 가지에는 초록 머리에 진분홍 암술을 360도로 내뻗친 꽃이 다닥다닥 피어난다. 그래서 닥나무인가?

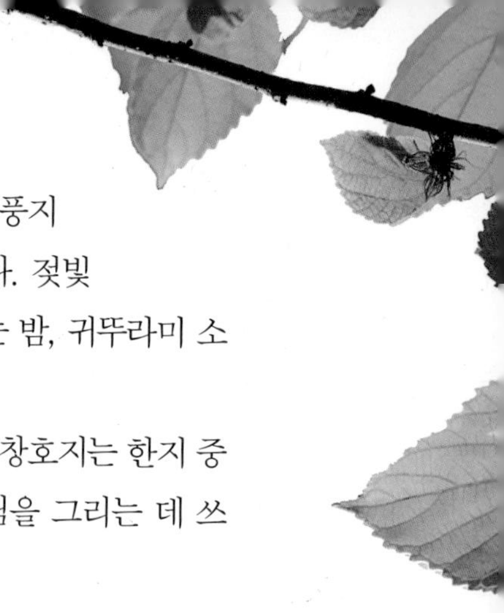

에 말린 꽃이나 단풍잎을 덧대어 단순함을 덜었다. 긴 문풍지는 여닫을 때 서걱거렸고, 마른 문에선 탱탱 소리가 났다. 젖빛 종이가 누그러뜨린 달빛이 방안으로 은은하게 스며드는 밤, 귀뚜라미 소리 명징했었다. 겨울맞이는 그렇게 시작되었다.

예전에는 한지를 닥종이나 창호지라고 불렀다. 사실 창호지는 한지 중에서도 낮은 급에 속한다. 질 좋은 종이는 책이나 그림을 그리는 데 쓰였다.

석가탑에서 발견된 현존 세계 최고의 목판 인쇄물 《무구정광대다라니경》(751년 추정)은 닥나무로 만든 한지였다. 아직도 건재한 《직지심경》이나 《조선왕조실록》도 마찬가지다.

종이가 중국에서 유럽으로 전해진 것은 11세기. 우후죽순으로 늘어난 제지공장에서 생산된 종이는 천재들이 노니는 창작 놀이터가 되어 14세기에 르네상스를 꽃피웠다.

몸에 묵을 묻혀 세상의 모든 기억을 남겨준 종이의 공헌은 그 외에도 활용 범위가 아주 넓다. 오늘날에도 종이 없는 생활은 상상할 수조차 없다.

짧지만 굵게

닥나무는 겉보기에 그리 특출하지는 않다. 뽕나무과에 속한 그저 그런 나무다.

닥나무와 꾸지나무는 암수 나무가 구별되지만, 애기닥나무는 한 몸에서 암수 꽃이 따로 달린다. 작은 탓인가, 4월 중하순 다른 나무보다 이르게 작은 꽃을 피운다. 잎겨드랑이에서 나온 꽃줄기는 잎과 다른 방향으로 고개를 돌린다. 암꽃은 녹색의 둥근 머리에서 무스를 바른 듯 반짝이는 진분

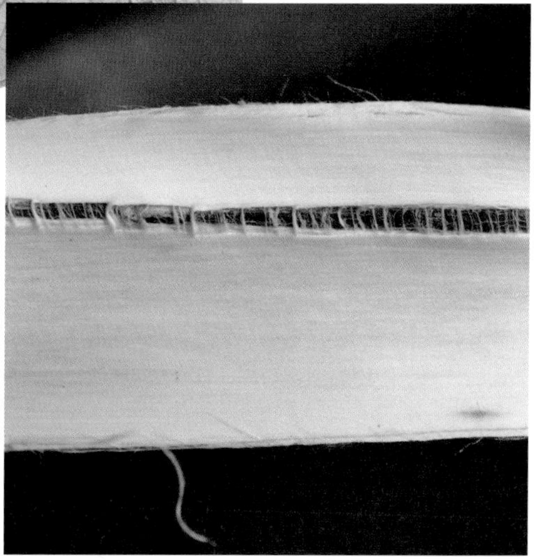

◆◆◆

↑ 닥나무의 단면. 껍질과 목부는 밀착되지 않고 성성하다. 중앙부는 비어 있고 주변은 스티로폼처럼 부드러운 흰 섬유질이며 물관과 체관이 맨눈으로 보일 만큼 구멍이 숭숭하다. 닥종이는 인피섬유가 풍부한 껍질을 이용한다. 얽히고설켜 잘 뭉치고 질기다.

홍 머리칼로 솟는다. 꽃밥을 세운 수꽃은 코로나바이러스와 모양이 흡사해 보인다. 요즘은 남자도 화장하는 시대인데 텁텁한 무지렁이다. 바람이 중매한다고 별다른 신경을 쓰지 않은 것이다.

그런데 닥나무는 자연수명이 아주 짧다.

몇 해 전 우리나라에서 가장 큰 나무로 발견된 것은 수령이 겨우 60년 된 것이고, 썩은 본줄기의 뿌리에서 삐져나온 맹아의 가지로 겨우 생을 이어가는 원주 한지테마파크의 닥나무도 수령 100년에 불과하다.

목재의 가장 안쪽은 스티로폼처럼 부드러운 흰 섬유질이며 물관과 체관이 맨눈으로 보일 만큼 구멍이 숭숭하고 무르다. 껍질과도 서로 밀착되지 않아 불균형하다. 크기 바빠서 내부를 돌보지 않았음일까? 생이 짧은 이유다.

그러나 나무껍질에는 비밀이 숨어 있다.

'딱' 부러진다고 '닥나무'라 했다지만 목부와 달리 껍질은 매우 질기다.

찢어보니 질기고 두툼한 껍질에선 잔 가닥의 긴 섬유질이 무수하다. 씨줄 날줄로 엮인 섬유질은 옹골차게 서로 연결되어 있다.

장인들은 겉껍질을 흑피, 그 안을 청피라 하여 이들을 모두 벗겨내고 백피만으로 하얀 고급 종이를 만든다.

우리나라에 자생하는 닥나무는 애기닥나무의 암꽃에 꾸지나무의 수꽃이 수분된 교잡종이라고 한다. 질기고 가는 섬유질을 가진 애기닥나무와 두껍고 긴 섬유를 가진 꾸지나무의 장점을 모두 가진 나무가 한지의 원료인 소위, 참닥나무다. 이 나무가 있었기에 중국, 일본보다 나은 한지가 탄생할 수 있었다.

◆◆◆

→ 애기닥나무는 다른 나무와 달리 암수 한 나무다. 빨간 꽃이 암꽃.

제 생을 살아도 한 백 년이 어려운데 정작 한지로 쓰일 나무는 한두 해를 겨우 산다.

신세마저 처량하다. 성비의 불균형이 아주 매우 심각하다.

효용이 좋은 암나무만을 재배하기 때문이다. 양평의 옛 절터에서 발견한 큰 닥나무도 꽃만 무성하게 피우지 몇 년째 열매는 맺지 못하고 있었다. 그러니 뿌리 번식으로 한정되는 상황이다. 밭둑의 돌무덤에서 자라던 때가 그나마 행복했다고 해야 하나, 이젠 그마저도 터를 보전하기가 쉽지 않다.

몇 해 전 오월, 가평의 닥나무 재배지에서 의아한 광경을 보았다.

닥나무 열매

봄을 맞아 막 웅크림에서 일어나는 나무의 새순을 따기에 물어보니 곧게 키워야 옹이가 없고 섬유질이 온전하고 깨끗해지기 때문이란다. 보통은 11월에서 겨울 사이에 자른다. 이때가 수분이 적당히 빠져나가고 섬유의 질이 가장 좋다.

그 후의 과정은 더욱 가혹하다.

◆◆◆

↖ 닥나무는 암나무의 효용성이 좋아 수나무를 거의 심지 않았다.
그래서 성비의 불균형이 매우 심하다. 주변의 자생 닥나무를 살펴보니 거의 모두가 수정을 맺지 못해 암꽃이 그대로 말라가는 현상을 보였다. 물론 열매도 맺지 못했고…….

↑ 자라면 베고, 또 자라면 베고……, 맹아력이 좋아 뿌리에서 가지가 다시 돋는다.
종이로 쓰일 닥나무는 1년 만에 베어져 천년을 견디는 닥종이로 탄생한다.

◆◆◆
↑ 불경을 필사하기 위해 옛날엔 절 주변에 닥나무를 많이 심었었다. 농부들은 양지바른 논밭 둑에 심어 소출을 올렸다. 아직도 그런 곳에 자라는 닥나무를 볼 수 있다.

찌고, 삶고, 말리고, 벗기고, 다시 삶고, 두들기고, 고르게 섞고, 뜨고, 말리고 다시 두드리는 장인의 손길을 100번은 거쳐야 껍질은 비로소 하얀 종이 한 장으로 탄생한다. 혼은 그저 스며들지 않는다.

겨우 1년을 자라 천년을 기록하는 종이로 탄생하는 닥나무.

닥나무는 짧지만 참 굵게 산다.

종이, 문명을 기록하다

인류의 문명사는 종이로 인해 시작되었다.

사람의 언어는 종이 위에서 비로소 문자로 살아났다. 기억은 기록이 되었으며, 과거를 현재로 소환하며 미래를 바라보게 하였다.

종이는 인쇄술을 만나 책이 되어 지식을 평준화하였고, 작가는 시공간을 넘나드는 상상을 사람들과 공유했다. 다양한 언어들이 체계를 다듬었으며, 변두리의 영어가 세계표준어로 자리 잡는 계기가 되었다.

고려의 이첨은 닥나무 저楮를 종이로 의인화한 소설 《저생전》에서 "본래 그는 천성이 정결하여 무인보다 문인을 좋아하고 모학사(붓)와 교분이 두터웠으며, 학문을 하여 천지 음양의 이치와 성명의 근원에 통달하였고, 제자백가의 글까지 모두 기록하였다"고 예찬하였다.

우리나라가 꽃피운 한지 문화는 서양보다 앞서고 찬란했다.

고려시대엔 대대적으로 불경을, 조선시대엔 '복제'라는 패러다임으로 서적을 많이 만들었다. 방편으로 목판활자가 만들어졌고, 조판이 가능한 금속활자로 업그레이드가 이루어졌다. 독일의 구텐베르크보다 앞섰다.

한지를 복원하고 지키려는 노력으로 최근 루브르박물관이나 이탈리아에서 한지의 우수성을 인증하는 소식이 들려온다. 그러나 일본의 화지나

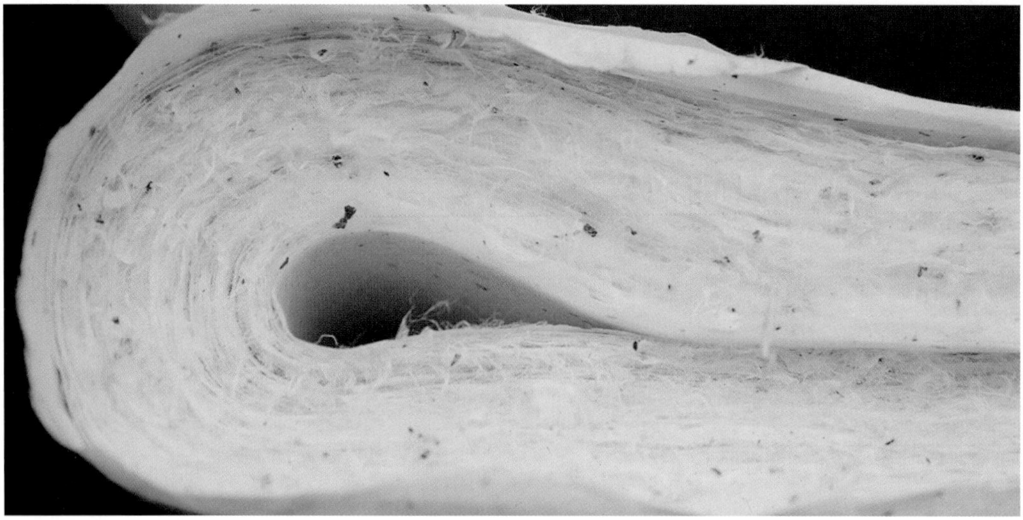

중국의 센지와는 달리 유네스코 세계문화유산에 등록되지 못하고 있는 것도 냉정한 현실이다.

일전에 한지의 자존심을 지키려는 수묵화가 김호석의 일화를 접했다.

2016년 김호석 화백은 후손들로부터 조선시대의 문신 학봉 김성일(1538~1593)의 초상화를 의뢰받는다. 화가는 안동에서 자생하는 '감닥나무'를 재배해달라는 조건을 내걸었다. 문중 사람들이 처음엔 이해하지 못했으나, 학봉이 사용했을 한지에 꼿꼿한 선비정신과 그 시대의 삶까지 재현해 내겠다는 화가의 진정성을 받아들였다. 김 화백은 400년 전의 방식과 재료를 가지고 한지를 손수 떠서 2020년 초상화를 봉안했다. 한 화가의 우직한 자존심으로 명작이 탄생한 것이다. 그런데 김 화백이 한지 복원은 물론 닥나무 연구까지 한다는 뒷얘기를 듣고는 의아했다.

"한지가 부활하기 위해서는 닥나무부터 복원해야 하며, 현대에 맞는 우량품종을 개발해야 한다"라는 것이다. 일본이나 중국보다 많은 세계인류

문화유산이 등재된 대한민국에서 한 작가가 저런 고민까지 해야 하는 현실에 가슴이 저린다.

한지의 자존심은 우리 땅에 자생하는 나무로부터 만들어져야 지킬 수 있다. 수입한 가공 재료로 만든 것을 한지라 할 수 있겠는가.

우리가 태평양문명시대의 주역이 되려면 한지를 다시 살려야 할 것이다.

순간의 기억이 영원한 기록으로

영국의 사상가 토머스 칼라일은 "종이와 인쇄가 있는 곳에 혁명이 있다"고 했다.

종이는 목화가 옷이 되고, 벼가 밥이 된 것만큼이나 인류에게 절실했고 필요한 것이었다. 몇 세기 동안 수레는 자동차로, 등불은 전등으로, 붓은 연필로 발전하였지만, 종이만큼은 최초의 발명부터 지금까지도 그대로 쓰인다.

종이의 시대는 막을 내리고 있는 듯해 보인다. 글과 그림, 심지어 돈도 디지털화되는 세상이다. 전자문명이 지식문화를 대신한다. 그럼, 종이는 과연 옛 시대의 빛바랜 유물이 될 것인가?

글씨를 익혔다는 이유로 말하기를 멈추지는 않는 것처럼, 종이에 작별을 고하지는 못할 것이다. 순간의 '기억'을 영원한 '기록'으로 남긴 공로는 대체불가다.

종이는 삶을 향기롭게 만든 숲이었다. 닥나무는 자신의 몸을 통해 지식과 지혜를 전달해준 문명의 어머니다.

사과나무만 심으려는가. 닥나무를 다시 심자.

붉나무

바다가 그리워 소금을

'붉'='밝'

'붉' 발음에 유독 힘을 주어 말하게 되는 이름, 소금나무 붉나무 이야기다.

소금은 옛날이나 지금이나 생명의 물질이다. 산속 동물은 필요한 염기를 이 나무에 의지한다. 옛사람도 그랬다.

그럼 어찌하여 '짠나무'나 '소금나무'라고 부르지 않고 붉나무라고 했을까? 단풍이 붉게 물든다고 해서 지어진 이름인데, 그렇게만 보면 너무 단순하다. 어린나무는 가을 단풍이 붉고 아름답긴 하나 큰 나무들은 꼭 그렇지만은 않다.

붉은 단풍이 드는 아름다운 나무는 얼마든지 또 있다. '붉나무'라고 한데는 뭔가 다른 의미가 있지 않을까 추리해 본다.

'붉'은 빨강이며 불의 색으로, 떠오르는 태양이다. 태양은 곧 '밝'이며 빛이다. 곧 빛은 '붉'이 근원이니 붉음은 밝음과 다르지 않다. 우리 민족은 '배달민족'. '배달'은 '밝달'을 한자어로 변형한 발음이다. 최남선은 단군신화에서 '밝 사상'을 유추하며 우리 문화의 독창성이라고 주장했다.

선조들이 붉나무로 부른 데에는 문명의 근원인 빛을 소중히 여겨 붙인 이름이었겠다, 생각하니 시선이 깊어진다. 물론 나만의 생각이다.

천불 천탑의 꽃

붉나무는 옻나무과에 속하지만, 독성이 거의 없다.

붉나무를 한눈에 알아보는 방법은 잎이다.

귀룽나무꽃 질 무렵 야광나무 흰 꽃 흐드러질 즈음에야 비로소 두릅 순처럼 줄기 끝에서 눈을 틔운다. 암나무엔 미처 떨쳐내지 못한 열매들이 검게 매달려 있다.

◆◆◆

↑ 단풍이 붉게 물든다고 해서 붉나무라지만, '붉'은 '밝'이며 빛이다.

↗ 야광나무 흰 꽃 흐드러질 즈음에야 뒤늦게 줄기 끝에 옹기종기 모인 눈을 틔운다.
암나무엔 미처 떨쳐내지 못한 열매들이 검게 매달려 있다.
잎줄기에 잠자리 날개 같은 잎이 나는 게 특징이다.

잎에서는 독특한 특징이 나타난다. 같은 속의 잎과 잎 사이의 가지를 따라 물고기 지느러미나 잠자리 날개 같은 형태의 또 다른 잎이 난다. 날개 잎은 좌우가 일치하는 대칭을 이루며, 본 잎과 단절되지 않는다. 원래는 넓고 큰 잎들이 면적을 분리하여 곤충으로부터 당하게 될 피해를 최소화하려는 방책이 아니었을까 추측된다.

무더위가 기승을 부리는 8월 중순, 봄꽃의 열매들이 성숙해갈 무렵인데 붉나무는 수세를 키워 많은 잎을 거느린 후에야 느긋이 꽃망울을 연다. 바로 앞서 누리장나무들이 벌인 한바탕 꽃판도 지나갔다. 사위질빵이 옆 나무에 걸쳐 흰 꽃들을 피우기 시작하지만, 잠시의 풀꽃일 뿐 지금부터는 붉나무 꽃의 독무대다.

중부 이북의 나무 중에서 가장 늦은 꽃이다.

줄기의 맨 끝에 우뚝 꽃을 피우는 게 특이하다. 꽃봉오리에서 개화의 기간에 중심 꽃대를 비롯한 여러 가닥이 분수 넘치게 크게 자란다. 이 나무, 저 나무 천불천탑처럼 하늘 향해 꼿꼿이 솟은 원뿔형의 꽃대에 달린 수만 개의 꽃이 은세계다. 이 페스티벌은 입추와 말복을 지나 한여름을 온전히 말아먹고 산국이 피는 가을까지 이어진다.

꽃의 미시계로 들어가 보자.

암수 딴 나무니 암수 꽃의 생김도 다르다. 수꽃은 하얀 꽃잎에 연노랑 수술 5개가 야구 경기장의 조명탑처럼 솟아 있으나 암술은 퇴화하여 형체가 거의 없다. 꽃 하나의 개체는 밋밋한 미색이며 아주 작다. 벌에 호소하기 위해 꽃대를 엄청나게 굵고도 크게 키워 피라미드처럼 거대한 덩어리 꽃을 만들어 물량 공세를 펴는 전략을 펼친다. 암꽃도 수꽃보다 오버의 정도가 약간 작지만, 덩어리 꽃이라는 점은 마찬가지다. 암꽃엔 그나마 수술의 흔적이 일부는 남아 있다. 맨 아래의 두툼한 노랑 꿀통을 받친 분홍 씨방에서 솟은 3갈래의 암술이 벌을 맞이한다. 꽃잎 5장이 외양을 장식한다. 흰, 노랑, 분홍이 조화를 이룬 암꽃은 알록달록 연지곤지를 바른 신부의 모습이다. 수정으로 부푼 씨방은 아주 고운 분홍색을 띤다. 뜨거운 햇살을 받으며 원반처럼 덩치가 부푼다. 하나의 열매에 씨앗 한 개다.

◆◆◆

↖ 수꽃은 과장되게 꽃을 피운다. 꽃줄기가 점점 커지면서 나중에는 무게를 이기기도 버거워한다.

← 암·수꽃은 언뜻 비슷해 보이나 조금만 눈여겨보면 확연히 다르다. 수꽃(오른쪽)은 하얀 꽃잎에 연노랑 수술 5개가 솟아 있다. 반면 암꽃(왼쪽)은 분홍 씨방에서 솟은 3갈래의 노란 암술이 벌을 맞이한다. 상대의 꽃술은 거의 퇴화하였다.

그동안 수꽃은 엄청난 허세를 부렸다. 벌을 끌어들이기 위해 주체할 수 없이 뻗쳐 자랐던 꽃대가 볼품없이 사그라지고 이내 본체에서 이탈한다. 그러나 암꽃은 그럴 수 없다. 처질지언정 꼿꼿하다. 열매를 키울 모성 때문이다.

꽃은 하늘바라기, 열매는 땅바라기. '붉'과 '밝'의 의미를 상상하는 일은 재미있다.

소금의 정체를 찾아서

소금의 정체를 찾아가 보기로 무모한 도전을 시작했다.

언제부터 소금이 생기는가가 첫 번째 관심이었다. 시차를 두고 개화하는 세 그루를 눈여겨보았다. 씨방의 홍조가 가시고 녹색으로 변하는 시점

에서 흰 물질들이 언뜻언뜻 서린다. 풋열매에 물기 어린 액체가 반짝인다. 만져보니 끈적하고 맛이 짜다. 가을 햇살을 빨아들이며 마르는 소금 범벅이 과육의 겉에 두둑하다. 뿌리가 흙에 섞인 염분을 빨아올린 것일까? 근원이 혹시 양분을 나르는 체관일까 하여 나뭇가지를 꺾어 맛을 보니 짜지는 않다.

궁금이 꼬리를 문다.

그렇다면 소금은 어떻게 생기는 걸까. 바닷물을 머금고 사는 퉁퉁마디도 아니잖은가.

◆◆◆

↖ 갓 수정해 부푼 암꽃의 씨방은 분홍이 곱다.

↑ 소금은 왜 생기며, 언제부터 소금이 생기는가. 찐 범벅이다. 혈액이나 양수와 염도가 같다고 하니 우연은 아닐게다.

열매 몇 개를 오물오물 맛보았다. 쓰거나 아주 짜지 않으며 오히려 시큼하고 감칠맛이 나서 다시 몇 개를 더 먹었다. 야릇한 풍미가 느껴진다. 사과산이라서 향과 함께 짠맛과 신맛이 어우러진다. 나트륨이 아닌 칼륨염이란다. 붉나무는 뿌리와 껍질, 잎에서도 짠맛이 나는 진짜 '찐' 소금나무다. 옛날에는 붉나무에서 소금을 취하였고, 간수로 두부도 만들었다고 하니 오지의 '자연인'이라도 되려면 알아두어야 할 상식이겠다. 일반적으로 열매는 과육 안에 맛을 함유하여 사람이나 동물들을 유혹한다. 그런데 왜 붉나무는 과육 밖으로 소금 결정을 덧씌웠을까? 혹 원초적 고향은 바다였음을 상기시키려는 뜻일까?

양수는 염도 0.9퍼센트. 새 생명을 보호하는 궁전이 바로 소금물이다. 혈액이나 링거액의 염도도 0.9퍼센트. 소금은 단순한 조미료가 아니라 '생명의 원소'다.

소금의 정체를 찾아가는 길은 아직 끝나지 않은 먼 길이지만, 재미있다.

혹 아포믹시스? 수꽃 없이도 열매가 열릴까?

붉나무는 산중이 아닌 산 가장자리나 길가의 비탈면에서 군락을 이룬다.

청평호반을 가르는 신가평대교 부근. 10월 하순인데도 아직 꽃을 피우는 대상을 정해 또다시 관찰에 들어갔다. 2022년의 가을은 너무도 바빴다.

수꽃들은 동시에 피고 거의 같은 무렵에 사그라졌다. 8월 말에서 9월 중순이었다. 그러니 수꽃이 더는 없는데 암꽃은 아직도 줄지어 피다니……. 이상했다. 암수의 꽃이 시기가 같아야 수정의 확률이 높다. 그것이 생존의 원리 아닌가.

유심히 살펴보았다. 꽃은 1주일 이상 피어 있으면서 씨방을 부풀리고 있었다.

어느 순간, 아포믹시스가 아닌가 하는 의심이 들었다. 배우자 없이 난자가 수정되어 종자를 형성하는 무수정 생식을 말한다.

학자가 아닌 나로선 알 도리가 없다. 논문을 뒤져도 그런 얘긴 통 찾아볼 수 없었다.

사진으로 기록하며 확인하기로 했다. 예상대로 결실률은 저조했다. 중요한 건 결실을 이룬다는 것이며, 번식의 희망을 포기하지 않았다는 것이다.

또 하나, 이들은 사회성을 가진 것은 아닌가 하는 의문이 들었다. 암나무가 주를 이룬 군락 언덕에서 꽃이 순차를 두고 피었기 때문이다. 서로 거리를 두고 한 그룹이 피고 지면, 또 다른 그룹이 피고 지고를 이어갔다. 마치 공동체의 약속된 플레이 같았다. 먼저와 나중 핀 것의 차이가 2달이나 됐으니 총 개화의 기간이 상상을 초월한다.

다시 한 발 더 들어가 보자. 그럼 이들은 왜 시차를 두고 피는 것일까?

궁금해서 나무들을 하염없이 바라보며 다시 대화를 시도하여 얻은 답은 이렇다.

하나의 가지 끝 꽃차례에는 수천 개의 꽃이 달린다. 군집하는 나무가 동시에 개화한다면 수백만, 수천만 이상의 꽃이 피는 셈. 과연 꽃을 커버할 곤충의 수효가 과연 있을까? 그러진 않을 테니 수정이 부실해질 것이고 그런 건 피해야 하는 게 오래 살아오면서 깨달은 식물의 지혜일 것이다. 그래서 개화시기에 격차를 두고 조정해가는 것이리라. 결과적으로는 자연 매개 수정을 일부 포기하고서라도 결실률을 높이는 선택을 한 것이리라.

이것 또한 내 나름의 해석이니 증명은 과제로 남겨두겠다.

나무의 생태를 인문적 관점에서 생각하고 추리하는 세이버링은 많은 스토리가 생성되기에 즐거운 일이다. 궁금한 것을 공유하며 상상력을 덧입히는 시도가 생명 사랑으로 이어질 것이라는 믿음이 깊어만 간다.

존경의 염을 담은 새로운 이름

붉나무는 무르고 작아서 생활에 그다지 쓸모는 없다. 수명이라야 고작 20년이니 고목에의 꿈은 아예 버렸다. 아무도 기억해주지 않지만, 남들이 마다하는 길가 언덕바지에 서서 해탈한 듯 햇빛이나 쬐며 살려는 무욕으로 살아간다. 관다발의 흔적에서 배어나는 해맑은 미소를 보라. 진심이 엿보인다.

옛날에는 약재나 풀 베는 양낫의 자루로 쓰였다. 일본에선 스님의 저승길을 안내하는 금강장으로 부장되거나 사악함을 물리치는 영목으로 쓰였다. 성과 속을, 이승과 저승을 넘나들며 자신을 내어주느라 속이 여려져서 짧은 생이지만 세상의 빛과 소금, '붉나무'는 소중한 이 둘을 다 가졌다. 이름에 어린 '붉'과 '밝'의 함의를 알 듯하다.

존경의 염을 담아 그에게 최고의 호칭을 부여해주고 싶다.

이제부터 붉나무 넌 '생명나무'야!

◆◆◆

← 붉나무꽃은 일반의 푸나무들이 결실을 거두거나 한창 익혀갈 즈음에야 핀다. 암꽃은 가장 늦게 피고, 가장 늦도록 피고 진다. 게다가 군락을 이룬 곳에서는 시차를 두고 몇 그루씩 꽃피우는 사회성을 보인다. 한편, 수꽃이 모두 지고 난 10월이 넘어서도 피어 결실을 맺는다. 무수정 생식을 하는 것은 아닌가 궁금하다.

사과나무

새빨간 달콤함의 유혹

사과 세상

사과, 생각만 해도 침이 고인다.

시큼하고 달콤하면서 상큼하고, 물기 많고, 사각사각 먹는 소리마저 맛있는 과일.

시인 김춘수도 그랬다.

"스스로도 견디기 어려운 빛깔이 되고 향기가 된다."

어려서 친구들과 사과 서리를 한 적이 있다. 나름의 전략으로 비오는 밤을 택했다. 낮에 미리 봐둔 철조망 개구멍을 뚫고 들어가 나무에 접근하는 순간 발목이 푹 빠지는 난관에 봉착했다. 고랑인가 했으나 발이 디뎌지지 않는다. 묵직하고 냄새도 났다. 분뇨 웅덩이에 빠져 허우적댔던……. 으악, 그 이후 얘기는 생략이다.

그럼에도 내가 제일 좋아하는 과일은 사과다. 고추잠자리처럼 새빨간 홍옥과 껍질이 두꺼워 이빨이 빠진 적도 있으나 깨물면 즙액이 얼굴로 튀던 국광을 나는 좋아했다.

일찍이 신화의 소재로 등장했던 사과는 인류 역사에서 엄청난 상징성을 창조해냈다.

아담의 사과는 종교를, 뉴턴의 사과는 과학을, 빌헬름 텔의 사과는 정치를 만들어냈다. 이어령 교수가 정리한 말이다. 한 입 베어 먹은 사과를 로고로 한 '애플'이 IT의 세계를 창조했음을 추가해야 할 것 같다. 현대판 황금사과이니까.

맛과 경쟁하는 수많은 과일을 제치고 오늘날 사과는 세계에서 가장 많이 재배되는 식물이고 우리의 국민 과일이다.

그렇게 인간과 함께한 역사는 기원전으로 거슬러 오른다.

'거짓 과일'의 진실

사과꽃은 참 아름답다.

봉오리는 진분홍, 개화하면 옅어지며 흰 꽃으로 변한다. 4월경에 핀다. 추위를 넘긴 곤충들이 활발히 움직이는 시기와 맞다. 매화, 살구, 복숭아, 배꽃, 벚꽃이 앞다퉈 동네방네 꽃 잔치를 벌이는 때다.

한 나무에 꽃눈은 보통 1천 개니 5천 송이의 꽃이 달린다. 현기증이 날 정도로 많은 꽃이 일시에 피면 장관을 이룬다. 이때면 연분홍 꽃물 푼 향기를 맡고 찾아든 벌들이 습습대며 꿀 빨기에 정신이 없다.

꽃잎 떨어지자 씨방이 비대해지면서 과육이 부푼다.

여기서 하나 우리가 알고 넘어가야 할 것이 있다.

사과를 식물학에서는 '위과'false fruit 즉 '가짜 과일' 혹은 '헛열매'로 분류한다.

우리가 헛열매를 먹는 것임을 알고 나면 갑자기 찝찝해진다. 가짜를 먹는 것이라고?

그렇다 해도 어쩔 수 없다. 꽃받침과 꽃을 떠받친 꽃턱 안에는 씨방이 모셔져 있다. 수정하면 항아리 모양의 꽃턱이 지체 않고 부풀기 시작한다.

◆◆◆
↑ 사과꽃은 엄청나게 많이 달린다. 봉오리는 진분홍, 개화하면 열어지며 흰 꽃으로 변한다.
↖ 꽃잎 떨어지면 꽃받침이 과일의 형태를 잡고 씨방을 둘러쌌던 꽃턱이 부풀기 시작한다.
↗ 안쪽으로 말려들어다가 남은 수술이 배꼽에 탯줄의 흔적처럼 남아있다.

암술과 갈색으로 변한 수술이 그 안으로 말려 들어가고 다섯 갈래의 꽃받침이 포개져 주둥이를 밀폐한다. 연금술사의 신줏단지 안에서는 해와 바람과 온도 등을 버무리어 육화하는 마법 같은 질적 변화가 일어난다. 그것이 우리가 황홀경에 빠지는 사과의 살점이고 혓열매다.

놀랍지 않은가! 그러니 속았다고 생각 마시라. 입맛을 만족시키면 되는 것 아닌가.

감처럼 진과라 하는 것도 결국은 씨방이 부풀어 과육이 된 것이니 진과나 위과의 차이는 한 끗 차이다. 그냥 풍만한 과육에 꿀맛을 곁들여준 성의에 감사의 예를 표하는 게 도리다.

대개 위과는 배꼽이 두 개다.

위 배꼽은 탯줄처럼 꼭지가 줄기로 연결되어 있으며, 아래 배꼽에는 문지기였던 꽃받침이 담배씨만큼 남아있다. 배꼽이 잘생겨야 사과가 예쁘다. 꽃가루를 충분히 받지 못한 부위는 짱구로 자란다. 잘라보면 그쪽은 씨가 없거나 제대로 생기지 않은 거다.

이참에 사과를 갈라보자. 여기서 잠깐, 혹시 사과의 씨방을 세어 본 적은 있으신가.

씨방이나 씨앗의 숫자를 아는 사람은 별로 없을 것이다. 그간 세로로만 잘랐을 테니까.

가로로 잘라보면 작은 방이 대칭을 이루는 별 모양이란 걸 금방 알게 된다.

암술이 5개니 씨방도 당연히 5개, 꽃잎도 5장. 꽃잎은 각각 씨방 하나씩을 보호한다.

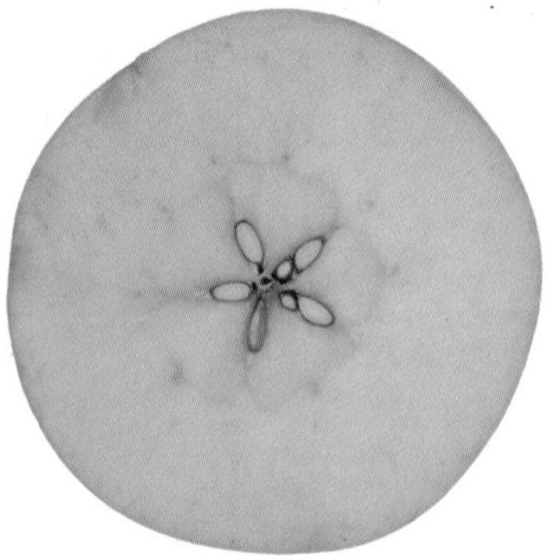

하나의 꽃눈에서는 5개의 꽃이 피고, 잎은 72도씩 돌려 피어 5번 만에 같은 위치에 자리 잡는 피보나치 수열을 따른다. 사과와 5는 운명의 결합인가보다.

과일이 붉어지면 황홀한 입맛을 출산할 때가 된 것.

까맣게 반짝이는 한방에 두 개의 씨앗은 태좌에 붙어, 먹히거나 소화가 되지 않도록 청산 성분을 독으로 무장하고 있다. 씨앗을 소중히 보관하기 위해 사과는 몸집을 그렇게 과하게 부풀린 것이다. 과육은 맘껏 드시되 씨만은 드시지 말라는 부탁.

이것이 사과의 진실이고 진심이다.

'거짓 과일'이라고 해서 마음 상했다면 이제는 이해하시길…….

◆◆◆

↑ 사과는 헛열매다. 꽃턱이 자라 우리가 매혹에 빠지는 사과의 살점이 된다.

← 암술이 5개니 씨방도 당연히 5개, 꽃잎도 5장. 하나의 꽃눈에서 5개의 꽃이 피고, 잎은 5번 만에 같은 위치에 자리 잡는 피보나치 수열을 따른다. 사과와 5는 운명의 결합인가보다.

국광과 홍옥, 달콤함의 추억

말 나온 김에 사과의 조상을 찾아가 보자.

카자흐스탄의 남부 산악지대인 톈산산맥에서 자라는 야생의 사과나무를 시조로 친다.

이것이 실크로드를 거쳐 유럽으로, 17세기 영국에서 미국으로 와서 최대의 전성기를 맞이했고, 한때는 러시아였고, 현재는 중국에서 가장 많이 생산한다. 이처럼 사과는 강대국을 따라 이동하며 인류의 역사와 궤를 같이했다.

기원전 2천 년부터 재배되었다는 사과가 우리나라에 들어온 것은 20세기 초.

1901년 미국 선교사를 통해 들여온 사과 묘목으로 원산 부근에 과수원을 만든 게 경제적 재배의 시작이다. 1930년대에 일본에서 들여오면서 널리 보급되었으니 역사는 100년이 안 된다. 4천여 년간 대륙을 돌고 돌아 이 땅에는 개화와 함께 뒤늦게야 들어왔다.

어릴 적, 어머님은 노상으로 생계를 꾸려갔다.

흔한 자갈 논 한 평 없이, 일가친척 하나 없이 정착한 고향 땅 진천. 읍내의 신작로 옆에 가마니 거적을 깔고 과일 몇 무더기 놓고 파는 노상은 밑천 없이도 가능했다. 사과는 하나가 썩으면 궤짝 안의 사과로 금방 전이 된다. 그래서 칸델라 불을 켜놓고서라도 밤늦도록 팔아야 했다. 썩은 사과는 내 차지였다.

당시의 주종은 홍옥과 국광이었다. 덕분에 나는 둘의 맛 차이를 너무나 잘 안다.

뉴욕이 고향인 홍옥紅玉은 이름부터 여성스럽다. 초가을 구시월에 딴다.

새빨간 피부는 곱고 아주 매끄러웠다. 옷에 쓱쓱 문질러 닦다 보면 반짝

반짝 윤이 나서 더 문지르고, 그러다 보면 채도 높은 빨강이 보석처럼 빛이 났다. 에덴에서 이브를 유혹한 것이 사과라면 '보암직도 하고 먹음직도 한' 홍옥이었으리라. 입안에 고이는 침을 주체할 수 없을 정도다. 첫입에 온몸의 근육이 전율한다. 시큼함 때문에 저절로 찡그려지는 두 눈을 겨우 뜰 때쯤이면 목으로 넘어가는 과즙의 달콤함이 만족감을 준다. 이 새콤·달콤의 밀당은 그래서 매혹적이다. 너도 먹어보라고 하는 이브의 유혹에 배겨나지 못한 아담이 계명을 팽개친 걸 이해할 수 있겠다.

국광國光은 홍옥에 비하면 남성적이다. 첫서리를 맞고 나서야 꿀을 밴다.

껍질은 거칠고 두꺼우며 색이 튀튀하다. 그러나 오래 보관할 수 있다. 두꺼운 껍질을 깨물 때의 청음, 동시에 얼굴에까지 튀기는 과즙, 그리고 코로 스미는 상큼한 향. 허기마저 달래준 국광은 단 게 귀한 겨울에 최고의 별미였다. 이젠 접하기 힘든 과일이 되었지만, 국광은 딜리셔스와 교배되어 단일품종으로는 세계에서 가장 많이 재배되는 부사(후지)로 되살아났다.

《욕망의 식물학》을 쓴 마이클 폴란은 "달콤함은 사과가 인간에게 제공하는 욕망"이라고 했다. 동물도 단 것을 좋아하고, 식물도 광합성으로 얻는 에너지가 포도당이다.

그렇다면 '달콤함'이란 모든 생명체에게 존재하는 욕망의 원형 아닐까?

사과나무는 '가늠할 수 없는 달콤함', '신맛과 단맛의 조화가 뭉근하게 밴 맛'으로 수천 년을 지난 오늘에도 최상의 지위를 누리고 있다. 인간과 공진화한 결과다.

영혼 속에 파고들어 안정과 풍요를 배어 내는 사과를 당할 자가 있겠는가.

◆◆◆

↑ 신맛과 단맛의 조화가 뭉근하게 밴 맛으로 수천 년을 지난 오늘에도 최상의 지위를 누리는 사과. 새콤·달콤은 인간욕망의 원형이 아닐까?

'아 아, 아플!'

사과는 단순한 과일을 넘어 어떤 의미를 갖는 상징이 되었다.

어느 날부터 손자가 어린이집에서 배운 서툰 영어를 웅얼거린다. '아 아, 아플!'

애플은 어떻게 알파벳 A를 꿰찼을까. 대한민국의 세 살배기 어린애가 우리말로 '사과'는 못해도 'Apple'은 한다. 그러고 보니 나도 '빨간 건 사과, 사과는 맛있어~~'라며 불렀던 이음 노래를 기억한다.

이처럼 무의식에 깔린 사과는 분명 단순한 과일의 경지를 넘어서서 인류의 정신세계에 무언가 강력한 암시를 걸어둔 게 틀림없으리라. 먹을 때마다 사과 한 알은 붉은 태양을, 누런 속살은 달을 닮았다고 생각했다. 만유인력의 기운을 머금은 사과를 통째로 먹는 일은 우주를 가슴에 들이는 것이라는 시인의 말에 동감한다.

농약 없이는 살 수 없는 존재로 길들여진 사과나무들이 문명의 지붕 아래 들어와 살아간다. 과수원은 숲이 문명화된 공간이다. 종자로 자란 나무는 야생이 돌아오는 속성이 강하다. 그래서 씨를 종자은행에 저장한들 소용이 없다. 과수원에는 접붙이기로 동일 품종을 유지하는 복제 사과나무가 열을 지어 살아가는 것이다.

내가 마당 가진 집을 가지면 정원수로 꼭 몇 그루를 심을 것이다.

꽃을 만끽하리라. 열매가 익어가는 날들을 즐기리라. 씨를 심어 야성으로 보내주리라.

스피노자의 말을 기억하는 나의 다짐이다.

3

참나무

소나무

수선화

달맞이꽃

제비꽃

쥐방울덩굴

모과나무

네 가지 꽃

생명의 **아포리즘**

참나무

도토리 한 알은 '참'

전성시대가 오다

우리에게 가장 흔하고 친근한 나무는 단연 소나무와 참나무다.

그러나 둘은 상반된 대비를 이룬다. 소나무가 선비의 기상을 달고 으뜸의 반열에 오르는 대접을 받았다면, 참나무는 땔감이나 도낏자루 정도의 잡목 취급을 받았다.

다행스럽게도 참나무란 명칭은 유지되었다. 학명인 'Quercus'가 바로 '좋은 목재'라는 뜻이니 서양이나 우리나라나 '참한 나무oak'란 점은 일치한다. 도토리가 열리는 여러 나무를 통쳐 부르는 것도 그렇다.

생활에 두루 쓰임이 많아 참나무라고 했다지만, 서양에선 지하세계와 천상세계를 연결하는 신목神木으로 숭배를 받았다. 아서왕의 원탁이나 베를린 올림픽에서 손기정이 쓴 월계관과 부상으로 받은 화분도 참나무였다. 성철스님이 손수 준비한 다비식 불감도 참나무였다. 와인은 오크통에

◆◆◆

← 수많은 동물과 곤충에게 양식을 제공하고 안식처가 되어준 참나무.
떡메를 맞으며 인고의 세월을 보낸 참나무가 드디어 전성시대를 맞이했다.

서 맛을 더하고, 산 뿌리에서는 능이버섯, 죽은 뿌리에서는 천마, 베어진 나무에서는 표고버섯이 난다. 사람들의 주린 배를 채워주느라 떡메도 무수히 맞았다. 수액은 새콤하고 끈적하여 많은 동물과 곤충에게 양식을 제공했다. 많은 가지와 잎은 새들의 안식처가 되었다. 산중 깊은 곳이나 마을 주변을 가리지 않았다. 인고의 세월을 지내며 마침내 극상림으로 산 가장 높은 곳을 점하기까지 무던히 참아왔다.

참나무의 전성시대가 그냥 열린 것이 아니다.

될성부른 떡잎

낙엽이 모두 진 늦가을. 산길에서 올망졸망 굴러다니던 그 많던 도토리는 어디로 갔을까? 동물이나 새가 거두기도 했겠지만 그렇지 않은 것들은 어떻게 사는 것일까? 문득 궁금하여 나무 아래 무성한 낙엽을 들추어보다가 뿌리를 내리고 있는 도토리를 발견했다. 순간 흠칫 놀랐다. 갓 떨어진 도토리가 휴면도 없이 무에 그리 바쁘다고 벌써 그러는 걸까. 은밀한 삶의 현장을 훔쳐보기 미안해서 얼른 낙엽을 덮어주었다.

그리고 그들의 성장기를 추적하기 시작했다.

◆◆◆

↗ 정수리 쪽에 자리 잡은 배는 수분과 온도에 힘입어 먼저 뿌리를 내린다.
이후 지상으로 줄기를 올리고 잎을 낸다.
배젖이 없는 도토리는 그 자체가 될성부른 나무로 키우는 떡잎이다.

↱ 두 해는 자랐을 한 그루의 밑을 파보았더니 도토리가 검게 변한 채 아직도 뿌리에 달려 있다. 저 어미 속 같은 도토리에서 생의 경외가 스며든다.

11월, 정수리 쪽에 자리 잡은 미래 생명의 원천인 배는 낙엽 속에서 충분한 수분과 따스한 온도에 힘입어 뿌리 싹을 냈다. 깊이를 가늠하려 손가락으로 살살 파보았다. 송곳처럼 뾰족한 뿌리골무가 어둠의 심연을 향해 그간 꽤 깊이 뻗었다. 아하! 지상에 드러난 거친 배축이 양분을 전달하는 탯줄인 동시에 뿌리를 지탱하는 지렛대 역할을 하고 있음을 깨닫고는 기가 찼다. 관찰은 이렇게 새로운 깨달음을 준다.

보통 씨앗은 배젖이나 떡잎의 양분으로 다음 세대를 이어갈 배를 키운다. 도토리는 배젖이 없다. 육질은 다름 아닌 떡잎이다. 될성부른 나무가 될 떡잎이다.

'떡잎'은 독일의 문호 괴테가 '밥그릇'을 뜻하는 그리스어 'cotyledon'으로 명명했다.

동식물과 광물에도 전문가였다니 의아하다. 파브르는《식물기》에서 '유모'가 더 낫지 않느냐고 투덜거리지만, 문인과 과학자 사이의 표현 차이일 뿐이다.

도토리는 원래 땅속 발아를 해야 건강하다. 그런데 많은 도토리가 지상 발아를 하고 있음을 볼 수 있었다. 터를 탓함 없이 아무 데서나 조건만 맞으면 싹을 내니 떡잎의 힘을 너무 과신하는 건 아닐까. 늦가을에 내린 뿌리는 긴 겨울의 난관을 견뎌내야 한다. 그런데 낙엽 한 장 덮지 않고 벌거벗은 채로 모진 추위를 용케도 버티어 낸 도토리들을 보면, 떡잎엔 불가사의한 힘이 있을 것으로 보인다.

3월, 두 쪽으로 나뉜 떡잎이 벌어지면서 보호막 껍질은 벗겨졌다. 육질은 유난히 붉다. 추위를 이기려 안토시아닌으로 무장한 저 핏빛은 유전자를 온전한 혈통으로 이양하는 치열한 애씀이리라. 애초 뿌리를 내던 떡잎의 원점에서 다른 싹이 이번엔 위를 향해 돋는다. 비로소 장차 가문을 책임질 중심 줄기다.

도토리 한 알이 정이라면 생명의 움틈은 뿌리와 줄기로의 나뉨이며, 꽃 피고 열매 맺어 합을 이룬다. 반反은 없다. 다시 수십만 도토리로 환생하는 경이로운 정正-분分-합合에 섣불리 변증법을 들이댈 일은 아니다. 버나드 쇼도 "도토리 한 알에 응축된 강력한 에너지를 생각해보라. 거대한 떡갈나무로 폭발해 오른다. 양 한 마리를 땅에 묻어보라. 그저 썩을 뿐"이라고 찬탄했다.

그 맥박을 느껴보고 싶어 몸을 납작 엎드려 주시하는 일이 잦아졌다.

대지의 여신인 모노라의 자궁 속에서 뿌리가 지향하던 중력 방향과 정반대로 뻗는 원줄기는 해님의 초대장을 받은 듯 머리를 들고 수직으로 오른다. 장차 거목으로 버틸 줄기의 시작이다. 첫 잎을 펼치더니 마디를 높여 서너 개의 잎을 수평으로 펼친다. 가만히 보니 줄기의 굵기에 비해 잎이 아주 넓다. 그늘에서도 버티고 살기 위해선 햇살을 받아야 하기에 부린 지혜다. 젖을 떼긴 아직 이르다. 어린잎의 맛을 노리는 애벌레의 위험에 대비해 떡잎은 남겨둔 양분으로 생육을 지켜준다.

얼레지 지고 제비꽃 천지에 피어날 4월, 약동을 한다. 2차 생장이 벌어지며 길어진 줄기에서 가지치기로 또 잎을 펼쳤다. 그간 지하에선 평생 함께 살아갈 곰팡이를 친구로 맞아들였다. 중심 뿌리에서 수평으로 돋은 곁뿌리가 물과 양분을 주고받는 공생의 수수작용을 벌인다.

두 해는 자랐을 한 그루의 밑을 파보았더니 도토리가 검게 변한 채 아직도 뿌리에 달려 있었다. 속은 이미 검고 젖은 말라 버렸다. 후생을 지키려 소금기둥이 된 저 어미 속 같은 도토리에서 생의 경외가 후욱 스며든다.

도처에 생명이음이 충만하다.

참된 나무로 살아간다는 것

예닐곱 겹으로 중첩된 겉옷의 보호를 받으며 웅크렸던 겨울눈은 제비꽃, 버들개지 핀 후에야 압축을 푼다. 마술봉처럼 잎과 꽃을 쏟는다.

눈 가운데 별 모양으로 응축돼있던 가지는 급속으로 키를 올리고 잎을 단다. 올해 분만큼만 고정생장을 할 것이다. 아린 조각은 여린 잎을 따라 올라가 춤을 추는 자세로 봄볕을 찬양한다. 겨울을 감싸준 수고가 끝나 저리도 신이 난 것일까.

급한 수꽃은 아린의 틈을 비집고 나와 긴 꽃밥 뭉치를 아래로 늘어뜨린다. 암꽃은 늦다. 막 자라 오른 새 가지에서 나기는 하지만 꽃밥이 아직은 여물기 전이라서 타이밍이 늦는 것은 아니다. 연하고 푸른 줄기에서 헝클어진 머리칼 같은 붉은색 암술은 바람이 전하는 소식을 기다린다. 이때는 새잎도 자세를 낮추어 암꽃의 수분을 방해하지 않는다. 수꽃은 지난해 가지 끝, 암꽃은 올해 자란 가지에서 피며 간격을 둔다. 마치 과거는 버려야 할 단절이 아니라 미래로 연결된 현재임을 몸으로 말하는 듯하다.

꽃에는 꿀은 물론 향기도 준비하지 않았다. 대신 실한 떡잎에 올인했다.

분에 넘치게 꽃가루가 많은 것은 풍매화의 어쩔 수 없는 운명. 수분의 확률이 너무나 낮기 때문이다. 4월 중하순부터 5월에 이르는 약 보름간 짝

◆◆◆

↖ 참나무는 종류도 많지만, 암술은 다양한 형태이다. 사진은 갈참나무꽃. 수술은 지난해의 가지에서 나고, 암술은 새 가지의 끝에 실처럼 난다.

← 풍매화는 수분의 확률이 낮기에 꽃가루가 많다. 4월 중하순부터 5월에 이르는 약 보름간은 꽃가루 폭죽으로 하늘은 뿌옇다. 상수리나무.

을 찾는 쌍쌍파티가 벌어진다. 꽃가루 폭죽으로 하늘이 뿌옇다. 미세한 꽃가루가 대류권 상층까지 올라가 응결핵이 되면 해를 가려 비를 만들기도 한다. 이 비가 수목을 성장시키는 긍정적인 생태순환으로 되돌아오니 알레르기의 주범이라고 미워할 일만은 아니다.

식물에 박학한 셰익스피어는《리어왕》에서 몰락하는 노왕의 비극을 최대치로 올리는 독백에 참나무를 끌어들였다.

"참나무를 쪼개는 불벼락아! 유황색 번갯불아! 내 흰머리를 태워버려라!"

그는 참나무가 벼락을 잘 맞는 나무임을 인식하고 있었다.

한여름, 폭풍의 기세 속에서도 나무는 내년을 기약하는 고운 눈을 키워냈다. 잎의 겨드랑이에서 보호를 받으며 세상을 경험하는 견습을 시작했다. 총포가 변한 각두는 도토리가 익을 때까지 편안한 방석이 되어주었다.

8월, 신갈나무를 필두로 구시월까지 낙하의 곡예가 벌어진다. 그중 상수리나 굴참나무의 열매는 한해를 더 기다려야 성숙한다. 자세히 보면 언뜻 툭 불거진 뾰두라지 같은데 그런 형태로 한 해를 보낸다. 인식하고 보아야만 겨우 남은 암술머리가 과거에 암꽃이었다는 것을 알아챈다. 이듬해 유월이면 부풀기 시작한다. 그러고는 녹색의 피가 돌면서 딱딱했던 잘 쟁인 기왓장 같은 각두가 개별화하면서 둥글고 길게 부푼다. 7~8월이면 보자기에 품은 알이 세상에 드러난다. 그런데 어디서 본 듯한 이미지라서 궁금해하다가 뒤늦게 아르헨티나 국기에 새긴 잉카의 태양신 '인티'의 모습임을 알고서야 체증이 내려갔다. 그렇다. 태양의 힘으로 결실은 2년 만에 익어간다.

그동안 봄의 부드러움, 여름의 풍성함, 가을의 변색을 주제로 악장을 넘긴 잎들은 북풍한설을 맞아 마지막 악장인 '바스락 교향곡'을 연주하며 하나둘씩 퇴장한다. 잎의 크기나 굴곡, 자루의 길이가 달랐으므로 바람이 일

◆◆◆

← 총포가 변한 각두는 도토리가 익을 때까지 편안한 방석이다. 8월, 신갈나무를 필두로 9-10월까지 도토리가 떨어진다.

↓ 툭 불거진 뾰두라지 같은 형태(원 안)로 한 해를 보낸 상수리와 굴참나무의 씨방은 이듬해 6월 수정을 하여 녹색의 피가 돌기 시작한다. 잉카의 태양신 모양이다. 사각형 안은 올해 열린 상수리나무 열매.

◆◆◆

↑ '참'이란 어감이 참 좋다. 열매 한 알의 유훈을 상징적으로 보여주는 참나무는 어른이다. 우주를 향해 검은 팔 벌린 어른들이 이 산 저 산 가득하다.

으키는 소리의 조합은 무궁했다.

상설콘서트가 열리는 숲으로 들어가 눈감고 귀를 열어보라. 신선이 따로 없다.

'참'을 생각한다

'참'이란 말은 참 어감이 좋다.

어떤 분은 우주에 작용하는 존속과 계승의 기운이라고 했다.

참나무는 10년 이상을 자라야 결실을 한다. 그 기다림 속에서 참을 아로새긴 것일까.

나는 알알이 여문 도토리를 오체투지 하듯 엎드려 바라보면서 지나온 삶을 짚어보았다. 흙냄새, 낙엽 향기를 맡으며 대지의 함성을 들어보려 했다. 땅속 어둠 속에서 존재의 성장을 위해 뒤척였을 불면의 밤을, 반쪽만 남은 떡잎으로도 뿌리를 내던 그 희망의 끈을 느껴보려고 했다. 하나의 나무로 자랄 가능성이 희박함에도 포기하지 않고 달려가던 충실에 언제나 고개 숙였다.

과거가 현재로 이양되는 흐름 속에서 마침내 '밥그릇'을 주렁주렁 매단 불복종은 진정한 용기였다. 아무리 단단한 암석이라도 길을 열어 주지 않고는 배길 수 없으리라.

열매 한 알의 유훈을 상징적으로 보여주는 참나무를 누워서 올려다보니 나보다 훨씬 크고 어른이다. 우주를 향해 검은 팔 벌린 어른들이 이 산 저 산 가득하다.

자연 그대로가 '참'이라던 말, 참말이다.

경기도 가평 적목리의 300년 소나무

소나무

우리 곁 그냥 좋은, 거시기

집단 무의식 속으로

'솔'이란 말은 좋은 느낌이 든다. 그냥 그렇다. '으뜸'이란 뜻이라니 더 좋다.

소나무는 아주 오래전부터, 그리고 지금까지 국민이 가장 좋아하는 나무다. 소나무가 없는 산은 없다. 아파트 단지나 공원엔 멋진 소나무가 있어야 품격이 산다.

한국인들은 왜 그토록 소나무를 사랑하는 것일까?

카를 융이 말한 '집단 무의식'이 보편적으로 존재하는 선천적인 원형을 말한다면, 소나무가 그렇지 않을까? 독일에서는 너도밤나무가 그러하듯.

우리 민족은 소나무로 지은 집에서 태어나 생솔가지를 꽂은 금줄로 인생을 시작했다. 솔가리, 솔가지를 땔감으로 지은 밥을 먹으며 자랐다. 돌아갈 땐 소나무 관에 누였고, 무덤가엔 도래솔을 심었다. 궁궐 기둥에서 오두막 서까래까지, 청자 백자를 굽는 불감에서 목피로 연명하는 먹이에 이르기까지 매우 효용 가치가 있던 소나무는 '요람에서 무덤까지' 일상에 함께했다. 게다가 백설이 만건곤할 제의 인내와 지조, 독야청청獨也青青의 기상과 절개, 세한연후歲寒然後의 선비정신이 형이상학적 차원으로 승화됨으로써 오랫동안 한민족의 뼈살과 영혼 속에 녹아들었다.

엄마가 왜 좋은가를 한두 마디로 답할 수 없듯, 소나무는 '그냥 좋은, 우리 곁의 어떤 무엇'이다.

과연 진화가 덜 된 것인가?

영화 〈쥬라기 공원〉에서는 송진에 갇힌 모기의 뱃속에서 공룡의 피를 추출하여 복제에 성공하는 것으로 흥미진진한 이야기가 펼쳐진다.

3억 8천 년 전, 포자로 번식하던 고사리와 같은 양치식물에서 진화를 거듭해 다년생의 나무로 출현한 최초의 나무가 침엽수고, 소나무류다. 공룡시대보다 앞서 세상에 태어나서 그들의 탄생과 사라짐을 지켜보았고, 화려한 색과 향기를 지닌 꽃을 피우는 속씨식물의 출현을 지켜보았다. 그리고 수없이 명멸하는 적자생존의 생리도 목격하였다. 동시대를 함께한 은행나무가 침엽을 활엽처럼 변형해 상록의 길을 포기할 때도 흔들리지 않고 태초의 모습 그대로 오늘날까지 살아왔다.

소나무의 학명은 Pinus densiflora, '치밀한densi 꽃flora을 가진 나무'라는 뜻이다. 그런데 소나무는 겉씨식물이라서 꽃으로 인정받지 못한다.

이 글에서는 식물학의 분류에 따르지 않고 그냥 '꽃'이나 '열매'로 부르려 한다. 암배우체·수배우체 혹은 암구화·수구화로 부르면 독자들만 혼란스럽게 할 뿐이기에.

4월이면 꽃, 송화가 핀다.

암꽃은 수꽃보다 일주일 정도 먼저 핀다. 하늘 높은 줄 모르고 쭉쭉 뻗은 햇가지의 꼭대기에 태양과 마주하며 붉은 암꽃이 핀다. 반면 수꽃이 열리는 햇가지는 솔잎도 적고 짧으며 아래에 위치한다. 그 몸통에 노란 수꽃이 다닥다닥 핀다. 무엇보다 시간과 높이의 차를 이용해 자가수분을 방지

◆◆◆

↑ 4월이면 송화가 핀다. 암꽃은 쭉쭉 뻗은 햇가지의 꼭대기에 태양과 마주하며 수꽃보다 먼저 붉게 핀다. 반면 수꽃이 열리는 햇가지는 솔잎도 적고 짧으며 아래에 위치한다.

◆◆◆

↑ 대부분은 암꽃과 수꽃이 따로 피는데 약 5퍼센트는 함께 핀다. 오른쪽 두 가지가 그런 모습을 보인다. 만일의 상황에 대비하여 자가로 수분하도록 예비해둔 방편이란다. 겉씨식물로서 수억 년을 멸종되지 않고 살아남은 지혜가 엿보인다.

↗ 희한하게도 암꽃은 낙화하지 않고 그 모습 그대로 솔방울로 성숙한다. 꼿꼿했던 암꽃이 짝을 만나면, 양옆으로 머리를 젖힌 채 잎에 둘러싸여 한 해를 보낸다.

하기 위함이다. 유전적으로 다양하지 않음에도 멸종되지 않고 살아남은 이유 중의 하나다.

꽃가루 개체는 양쪽으로 공기주머니를 달고 있어서 먼 곳까지 잘 날아간다. 밑에서 위로 향하던 바람은 각진 잎에 의해 방향이 바뀐다. 행여 바람을 타고 오르는 꽃가루가 들러붙을 확률을 용인하지 않으려는 설계다. 그런데 한 가지에서 암·수꽃이 함께 피어나는 사례를 보고 미궁에 빠질 뻔했다. 알고 보니 만일의 상황에 대비하여 약 5퍼센트는 자가로 수분하도록 예비해둔 방편이란다.

그렇구나. "너는 다 계획이 있구나!" 영화 〈기생충〉의 명대사가 떠올랐다. 아마도 빙하기를 거치는 등 급격하고 가혹한 기온 변화가 있었던 수억 년의 경험을 빅데이터로 축적한 지혜에 의한 것이리라. 세계의 온대 북반구, 그 넓은 지역에서 살아가는 대표 나무가 된 이유를 알만하다.

희한하게도 암꽃은 낙화하지 않고 그 모습 그대로를 유지한 채 솔방울로 성숙해간다. 꽃이 솔방울의 형태라는 사실을 몰랐다면 자세히 보기를 권한다. 정말 아름답다. 인편 사이로 새어드는 햇빛이 얼마나 아름답고 영롱한가를, 겉씨식물의 소나무가 씨방을 두지 않고 결실하는 과정을 한 번만이라도 끈기있게 바라보시라.

하늘 향해 수직으로 꼿꼿했던 암꽃은 수분을 맺은 후부터 서서히 밖을 향해 눕는다. 6월부터 모습을 드러내는 눈에게 새 가지의 맨 끝 중앙을 내어준다. 역할 이전의 행위다. 꽃의 시대가 끝났고 이젠 잎의 시대임을 아는 거다. 무성하게 자란 잎의 양분을 받으며 내년 연푸른 솔방울로 피어나기까지 숙성의 긴 과정을 거칠 것이다.

소나무는 수분과 수정이 엄연히 구분된다. 그 기간이 길다.

약 2주간의 수분 기간이 끝나면 꽃잎이라고 해야 하나? 실리콘 같은 매끈한 인편들이 빗방울조차 새어들지 못하게 빈틈없이 아문다. 이는 짝을

맺은 약혼상태일 뿐 있는 듯 없는 듯 아주 작은 갈색으로 말라붙어 지내다가 이듬해 봄, 새 꽃이 필 때까지 약 13개월 정도를 보낸 후에야 초록의 피가 돌며 암수는 수정을 한다. 감격적인 합방 후 푸른 솔방울은 재빠르게 커지며 어엿해진다. 6-7월이면 성장이 완성되지만, 아직 씨가 여물지는 않았다. 가을에서야 갈색으로 익어 길고 긴 한살이를 마무리한다.

솔방울의 인편 하나는 씨 한 알을 머금고 양분을 대주며 날개까지 달아줬다. 죽은 세포로 목질화한 이후에도 습도에 따라 열리고 닫히는 운동성까지 갖추었다. 솔방울은 참 비밀스럽다. 꽃잎이 변해 인편이 되고 총포가 된다는 것, 솔방울이 되면 그것이 씨의 덮개가 된다는 것, 그 안에서 씨를 키울 배젖을 제공하여 자라게 한다는 것, 인편끼리 빈틈이 없이 앙다물어 보호한다는 것, 어느 하나 기특하지 않은 것이 없다.

솔방울 인편의 배열을 보면, 한 줄은 왼쪽 아래에서 오른쪽 위로 완만하게, 다른 하나는 오른쪽 아래에서 왼쪽 위로 가파르게 회전한다. 몇 번이나 세다가 헷갈린 적도 있지만 5개나 8개 혹은 13개로 어김없이 피보나치의 수열이다. 이처럼 서로 반대 방향으로 교차되는 나선 구조는 가장 아름답고 조화로운 황금비를 구성하며 후대를 이었다.

이렇게 보면, 소나무가 겉씨식물이라는 이유로 아직 진화가 덜 되었다고 판단할 일은 아닌 것 같다. 수없이 많은 식물이 멸종되어가는 역사 속에서 지금까지 살아남은 이유가 어디 그리 간단한 일이었겠는가.

◆◆◆

↖ 아주 작은 갈색으로 말라붙어 지내다가 이듬해 봄, 새 꽃이 필 때까지 약 13개월 정도를 보낸 후에야 암·수가 합방한다. 푸른 솔방울은 가을에야 여문다.

← 여문 솔방울. 꽃잎이 변해 인편이 되고 총포가 되며, 이후 씨의 덮개가 되며 그 안에서 씨를 키울 배젖을 제공하여 자라게 한다. 앙다물어 빈틈이 없다. 습도에 따라 열리고 닫히는 운동성까지 갖추었다.

트랜스젠더의 미니멀 라이프

소나무는 성을 간다. 사람으로 치면 트랜스젠더다. 믿기 어렵지만 사실이다.

반송에서 주로 나타나는 현상으로 두 가지 경우가 있다. 하나는 수꽃이 암꽃으로 성전환을 한다. 수십 개의 암꽃이 얇은 가지를 둘러싸고 수꽃 자리에서 다닥다닥 돌려난다. 이를 남복송男福松이라고 하는데, 수꽃이 솔방울이 되는 축복을 받았다는 의미인지 유래는 알 수 없다. 그러나 대부분은 정상적인 솔방울로 자라지는 못한다.

또 하나는 정상보다 많은 암꽃이 가지 끝에 피는 경우가 있다. 이는 잎눈이 암꽃으로 바뀐 것으로 여복송女福松이라고 한다. 아직은 원인을 규명하지 못하고 있지만, 측백나무도 암꽃에서 수꽃으로 전환되는 현상이 나타나는데 호르몬의 변화에 의한 것으로 추측할 뿐이다.

소나무에서는 몇 가지 규칙이 발견된다.

첫째는 '3의 규칙'이다.

나무에는 세 종류의 솔방울이 달려 있다. 여름에 보면 더욱 확연하다. 하나는 꽃이 그대로 아문 작은 방울이고, 또 하나는 한 해를 거쳐 올해 돋은 푸른색 솔방울이며, 또 하나는 두 해 전에 생성되어 이미 씨를 날리고

◆◆◆

↗ 남복송. 수십 개의 암꽃이 수꽃 자리에서 다닥다닥 돌려난다.
반송에서 주로 나타나는 현상인데 수꽃이 암꽃으로 성전환을 한다.

↱ '3의 규칙'을 가진 소나무.
3대의 솔방울이 다정하게 달리며, 3년이 지난 잎은 가을에 황금색으로 변해 떨어진다.

→ 장자우세 현상이 명확한 나무.
중앙 가지가 장자 격으로 본 줄기를 이으며 가장 길게 자란다.

곧 떨어질 갈색의 솔방울이다. 이렇게 3대의 솔방울이 다정한 대가족을 이룬다.

한편 바늘처럼 뾰족한 잎은 광합성을 할 표면적이 작기에 비틀어서 햇살을 오래 받기에 유리하도록 핸디캡을 극복했다. 다가서서 바라보면 그 지혜를 발견할 것이다. 이 잎에서도 3의 규칙이 보인다. 소나무는 에버그린이긴 하나 3년이 지난 잎은 가을에 황금색으로 변해 떨어진다. 일시에 모두 떨어지지 않고 한해에 한 부분씩만 교체하기에 에버그린으로서 미니멀한 체형을 유지해간다.

둘째는 장자우세 현상이 명확한 나무다.

고정생장을 하는 특성 때문에 한해에 정해진 만큼만 자라는데, 햇줄기의 끝에서는 여러 개의 가지가 돌려난다. 그중 가운데의 가지가 장자 격이다. 이 가지가 적통을 이어받아 가장 곧고 길게 자라는 줄기의 중심이다. 그런데 만일 부러지는 등의 불상사를 당하면 두 번째 긴 가지, 즉 차자가 장자 역할을 대신하여 자란다. 특이한 것은 옆으로 뻗어 자라던 가지가 원줄기 쪽으로 휘어 해를 받아 곧게 자라려 애쓴다는 점이다. 소나무의 굴곡진 꺾임이 우리에겐 아름다움으로 다가오지만, 실은 집안의 뼈대를 잇고자 정신을 차리고 곧게 선 차자의 노력 때문이다. 나뭇가지 하나가 자신의 역할을 깨닫는 이 가상함에 탄복이 절로 솟는다.

출세한 나무

소나무는 양지바른 곳을 좋아한다. 바위틈에 홀로 선 고독마저 자처했다. 풍상에 시달릴수록 수형은 아름다워지고 척박한 땅일수록 높고 푸른 기상이 빛났다. 한민족의 집단 무의식으로 자리 잡은 데는 그만한 이유가 있는 거다.

과거에는 정이품이란 높은 벼슬도 받았고, 현재도 금강소나무는 국가의 보호를 받고 있다. 소나무가 기준을 잡아야 공원이나 화단에도 조경이 시작된다. 예나 지금이나 눈뜨자마자 누울 때까지 바라보게 되는 나무다.

세속적으로 말하면 가장 출세한 '우리 곁, 마냥 좋~~~은' 나무다.

왜 좋은가를 굳이 한마디로 설명하라고? 장황할 필요 없다.

소나무는…… '거시기'다.

수선화

내가 나를 보듬지 않고서야

칼바람 속에서 켠 황금색 등불

아직 뱀의 꼬리처럼 살아있는 추위로 다시 움츠러드는 3월.

봄을 봄이라 이르기 난감할 때도 화신花信은 맵찬 바람을 타고 북상한다. 이때쯤이면 새로운 계절을 앞서던 마음은 으레 고개 내미는 생명체를 살피게 마련.

합장한 두 손으로 똥꼬 찌르듯 언 땅을 밀친 틈새에서 보이는 초록의 정체.

긴 잠에서 막 깨어 기지개 켠 사연을 들어보라는 듯, 눈 깜짝할 새에 두 손 벌린다. 예열이 끝났나, 이윽고 주체 못할 노란 진물 머금은 깃대에서 칼바람 헤치고 황금색 등불을 켠다.

바람에 흔들리는 저, 제비보다 이른 봄 길의 앞잡이. 게 누군가.

수선화! 내년에 다시 보자던 그 말, 무심하게 잊고 살았다. 그런데 예단을 조롱하듯 혹한의 강을 건너 다시 지난해의 그 자리에 서 있지 않은가.

살면서 늘 '작은 약속일지라도 지키자'라는 나의 신칙은 얼마나 위선적이었던 것인지.

저 혼자 애썼을 수선화가 고맙다. 잘 버티었구나, 살아 주었구나, 안심의 미소가 돈다.

언 땅을 밀어 올리는 힘

거침없이 바르고 결단성 있게 행동함을 '겨울 같은 기운', '결기'라 하던가.

겹치고 겹쳐 모아진 잎의 힘으로 대지를 들어 올린 결기가 가상하다.

양파처럼 수십 겹의 비늘로 이루어진 알뿌리는 강력한 후원자. 수십 겹의 중심에 생명을 온존하여 빙하기가 닥쳐도 견딜 수 있다는 듯 당당하다. 알뿌리를 그답게 한 것은 하방에서 양분을 공급해준 수염뿌리이다. 근본이 든든한 구조를 갖추었기에 변화무쌍한 기온 속에서 지상으로 밀어 올리는 힘이 장사다.

잎은 뿌리의 정수리에서 개별적으로 돋기에 줄기가 없다. 대신 넓고 두툼하다. 그 안엔 얼지 않을 순수액을 가득 채웠다. 설한풍을 물리칠 치밀한 준비다. 대칭을 이룬 잎들을 사열하며 가운데에서 꽃대가 꼿꼿이 솟아

오른다. 부챗살 매스게임이 완성된 듯싶어 박수를 치려 하자 잠깐! 환한 꽃이 영광을 드러낸다.

비로소 봄이다.

꽃잎은 6장. 가운데에는 왕관처럼 생긴 또 하나의 꽃, 덧꽃부리가 솟아 있다. 따지고 보면 안으로 온기를 모아 생명의 샘을 보호하는 부속 장치다.

가끔은 자신을 뜨겁게 사랑해야 할 때가 있다. 그러려면 내 안에 덧꽃 하나 갖추라는 뜻. 허접한 나르시시즘을 철저히 배격한다.

불염포를 보자. 꽃송이의 목 줄기는 지푸라기 같은 불염포가 보호하고 있다. 애초 개화를 앞둔 시기에 꽃봉오리를 감쌌던 그것이 이제는 꽃이 질 때까지 꽃대와 꽃자루의 경계를 단단하게 잡아주는 역할로 변신했다. 살

◆◆◆

↖ 노란 진물 머금은 꽃봉오리가 잎과 부채모양으로 솟았다.

↑ 꽃잎은 6장. 가운데에는 왕관처럼 생긴 덧꽃부리가 솟아 있다. 꽃 뒤 목줄기의 씨방 주위는 불염포가 보호한다.

짝 당겨보니 질기고 단단하다. 운명을 같이하겠다는 충성의 의지가 아주 강하다. 큰 꽃이 꺾이지 않도록 지탱하는 힘이다. 이것이 목에서 이어진 둥근 씨방 부위에선 진눈깨비와 과도한 햇빛의 피해를 막는 천막 역할을 한다. 뿌리에서 물 한 방울 지원받지 못하는 죽은 조직이 이런 멀티 플레이어의 모습을 보인다니 참, 기가 막힌다.

화려함의 이면에서 이름 없이 빛도 없이 영광을 드러내는 저 아우라에 눈길이 간다.

그나저나 화무십일홍인데 벌·나비는 언제나 찾아오려나.

설법을 들어보시게

이른 봄에 피는 꽃들은 저마다 험한 환경을 이길 비책 하나쯤은 가지고 있다.

할미꽃이나 복수초는 독성으로 동물의 접근을 방어한다.

수선화도 마찬가지다. 그런데 향을 풍긴다.

저 자신감은 대체 어디서 연유하는 것일까. 겨울에서 봄으로 오는 길목에선 살을 에는 삭풍이 분다. 이 바람을 견디지 못하면 존재 목적을 달성할 수가 없다.

한 발 더 다가서 보자.

줄기에 비해 꽃송이가 커서 바람에는 매우 약한 구조다. 우주의 중심을 끌어들이려는 듯 빳빳이 고개 든 저 당당함이 위태롭다. 분명 꽃줄기에 비책이 숨어 있으리라.

루페로 살펴보니 나선형으로 비틀린 선이 뚜렷하다. 땅속에서 돌돌 파

고 오른 원리 말고도 또 다른 기능 있을 것 같아 줄기를 잘라보았다.

단면은 레몬 형태의 타원형이다. 그 안엔 윤기 반짝이는 부동액 젤로 가득 찼다. 그런데 희한하게 밑동에서 대략 3분의 1 지점까지만 그랬다. 꽃대가 두 부위로 나뉘어 있다는 얘기다. 윗부분은 속을 비워 두었다.

바람이 다가오면 몸을 쓰윽 돌리거나 뉘어서 유연하게 피한다. 흔들림은 죄가 아니다. 대항하거나 버티려 하지 않고 오히려 바람을 놀이 삼는 유희, 이건 신선의 설법이다.

줄기에 기체역학의 원리가 숨어 있었다. 풍동실험 결과 그렇게 하는 게 바람세기가 20퍼센트 이상 줄었다. 이 생체구조를 모방하여 원유시추선의 라이저나 대형 안테나, 심지어 골프공의 딤플에도 적용할 수 있다고 한다.

비틀린 타원형에 채울 곳 채우고 비울 곳 비워 약함이 셈을, 부드러움이 강함을 이기는 지혜가 그 잘난 호모 사피엔스의 허세를 한방에 무너뜨릴 만큼 고단수다.

◆◆◆

↑ 줄기에 비해 꽃송이가 커서 바람에는 매우 약한 구조처럼 보이지만, 꽃대나 잎을 나선형으로 비틀어서 강하게 했다. 줄기 단면은 타원형으로, 윤기 반짝이는 부동액 젤로 가득 채웠다.

그런 창조의 손길이 어디 수선화에만 배어 있을까. 우리가 자연에서 보물찾기를 해야 하는 이유이다.

신선의 경지에서

수선화水仙花, 한·중·일이 모두 동일한 한자를 쓴다. 그보다 명확한 대체가 있을 수 없기 때문이리라.

'나르키소스'Narcissus, 이 역시 학명과 영어명이 동일한 특이한 사례다.

그리스·로마 전설이 얼마나 강렬했던지 식물분류학의 시조인 린네Carl Von Linne도 다른 이름을 붙이기는 힘들었을 것이다. 마호메트까지도 "빵 두 개를 가졌다면, 그중 하나를 팔아 수선화를 사라"며 영혼을 살찌게 하는 꽃으로 칭송했으니 누군들 무시할 수 있었겠는가.

수선화는 동서양에서 두루 사랑을 받는 꽃이다.

골짜기와 언덕 위를 높이 떠도는 구름처럼
외로이 헤매다가 문득 나는 보았네
수없이 많은 황금빛 수선화가
호숫가 나무 아래서 흔들흔들 춤추는 것을

윌리엄 워즈워드의 시 '수선화'는 영어권 국가에선 대표적인 명시다.

추사와 다산, 두 천재의 문학적 표현은 더 놀랍다.

맑은 물에서 보는 해탈한 신선淸水眞看解脫仙이요
신선의 풍모를 갖춘 도인의 모습仙風道骨이라

◆◆◆

↑ 수선화는 동서양에서 두루 사랑을 받는 꽃이다. 우리나라에선 추사 김정희가 그 멋을 표현했다.

자아도취의 비극적 존재가 아닌 신선의 경지다.

하늘에는 신선神仙, 땅에서는 지선地仙이라면, 물에서는 수선水仙이라!

추사의 사랑은 유별나서 뜨락의 경계를 벗어나지 못하는 매화보다 한 수 위로 보았다. 사실 조선시대 초기만 해도 수선화는 지금처럼 쉽게 만날 수 있는 꽃이 아니었다. 24세 때에 평안감사인 아버지를 뵈러 평양에 갔을 때 마침 북경을 다녀온 사신이 가져온 수선화에 반한 추사는 이를 고려청

자에 심어 존경하는 다산 정약용에게 보낸다. 문인의 향취가 느껴진다. 뜻밖의 선물을 받은 다산은 “묻노니, 우뚝 솟은 모습은 서촉의 아미산 눈빛”이라며 찬양한다. 두 문인의 놀음은 이토록 격이 높았다.

55세에 제주로 유배 온 추사는 무려 8년 반가량 탱자나무 가시울타리 안에서만 생활해야 하는 위리안치에 처한다. 그때 그토록 사랑했던 수선화가 주변의 들판에 널려 있어 위안이 되었다. 제주에선 잡초쯤으로 여겨지던 수선화가 그로 인해 대중화되었으니 ‘추사의 꽃’이란 말이 과장은 아닌 듯하다.

천자문을 외자

입춘이 주는 해방감 때문일까.

월동 중인 하늘天과 땅地에 쩌렁한 소리침. ‘깨어라, 일어나라!’

고순도의 샛노랑이 펼친 물결로 ‘검을 현玄’, ‘누루 황黃’ 무채색 겨울 땅에 혈색이 돈다.

새로운 시작이다.

발랄한 물의 신선이 윤슬에 담아 산란하는 무량한 봄빛에 취해보자.

가끔은 내 안을 들여다보는 나르시스트가 되어보라.

거울 속의 내가 낯설어도 내가 나를 위로하지 않고서야 누가 보듬으랴.

맹랑한 자아도취 아닌, 명랑한 ‘자기애’는 필요하다.

자신을 뜨겁게 포옹하라

수선화가 우리에게 주는 꽃말이다.

달맞이꽃

설법 같은 순간들

2018년을 온통 달맞이꽃에 쏟았다.

계절을 맞이하고 보내는 동안, 기온과 기상에 어떻게 대처하며 살아가는가를 눈여겨보았다. 폭풍우엔, 더운 아침엔, 밤엔, 심지어 서리가 내리면? 겨울에도 잎이 나는 힘은? 일거수일투족 모두가 관심사였다.

꽃잎은 여인의 속치마처럼 부드러웠고, 향기는 달콤했다. 꺾이면서도 위를 향해 일어서는 용기를 보았고, 진딧물에 당하면서도 꽃을 피워 내고 씨앗을 맺으려는 불굴의 의지를 보았다. 나무도 아니면서 1미터가 넘는 뿌리를 키운 이유에 다다라보고 싶었다.

'도대체 너는 뭐냐?'를 되뇌며 주어진 생 앞에서 좌절하지 않는 근원이 궁금했다.

'피고 짐'이 '왔다 감'이 아니라 영원의 끈으로 '이어짐'이란 걸 체현하는 그 앞에 나는 매번 고개 숙여야 했다.

그 위대한 여정 속에서 마주한 생명의 영광과 고비를 관찰 일기 형식으로 엮었다.

2018년 7월 1일, 얼마나 기다리다 꽃이 됐나

추운 겨울에도 푸른 잎사귀에 안토시아닌의 붉음을 입혀 얼지 않고 살아냈다.

언 땅에 바짝 붙어 촘촘히 잎을 피우며 동장군의 햇살로 빚은 양분을 뿌리로 내려보내는 저축에 충실했다. 진 잎들은 그 땅을 데우는 거적이 되고 거름이 되었다. 겨울임에도 생장의 멈춤이 없이 그 위로 다시 새잎이 났다.

냉이, 민들레, 진달래, 사과꽃 다 지고 호시절 봄이 지나도록 느긋하게 주변의 풀들과 키재기만 하더니, 장마가 시작된 여름, 유월의 끝자락에 당도해서야 꽃을 피운다. 숙고의 시간이라도 가진 걸까. 그 속내는 도무지 알 수가 없다.

줄기는 매일 위로, 또 그 위로 칸을 쌓아 올리며 마냥 꽃봉오리를 매단다. 끝이 언제일지는 아무도 모른다. 어제 꽃의 바로 위에 핀 두세 개가 오늘 하루 치 개화의 분량이다. 그 아래로는 씨방이 차곡차곡 맺힌다. 꼿꼿하고 강한 줄기가 모두 품었다.

한여름 야밤에 벌이는 작당에 두 눈 부릅뜨고 지켜본 지 며칠째다.

◆◆◆

↗ 한겨울에도 잎에 안토시아닌을 채워 동해를 이겨내고, 스스로 내는 열로 몸을 데우며 깊이 자란 뿌리에 생장의 양분을 모으는 로제트의 완벽한 무장이 대견하다.

↱ 매일 조금씩 키를 키우며 매일 두세 개의 꽃을 피우며 전성기를 오래 즐긴다. 한여름 밤의 꿈은 차곡차곡 씨방을 쌓아 올리며 영근다.

→ 달빛 머금고 '뽁' 소리를 내며 피는 개화의 순간은 찰나다. 중매할 나방의 날개에 털로 인해 꽃가루가 묻지 않음을 타개하기 위해 수술 꽃가루를 묻힌 거미줄을 고안했다.

"자, 기운 내거라. 밤새 너만 보고 있을 수는 없잖느냐"라던 법정 스님. 그분도 나처럼 기다림의 시간을 가졌었던 거다. 밤 8시경, 꽃봉오리를 열기 시작한다. 내 눈에 쥐가 나서 경련을 일으킬 때 하필 터진 거다. 몇 송이를 그렇게 허무하게 놓쳤다.

바보, 애초 이길 수 없는 눈싸움이지 않았나. 내 팔과 목은 모기의 노마크 찬스. 땀은 범벅이고 숨은 가쁘다. 다시 집중!

앵글에 잡혔다. 드르륵 연사로 찍은 것들을 바로 확인했다. 디지털카메라는 이럴 때 최고다.

불과 1~2초 만의 꽃잎 펴짐. 나만이 들을 정도의 작은 '뽁' 소리에 깜짝 놀랐다.

이건 '경이'다.

예서 뽁! 제서 뽁! 예서 제서 뽁뽁! 별빛 콘서트가 절정으로 치닫는다.

초신성의 폭발처럼, 순식간에 꽃잎을 열어젖히는 힘, 대체 어디서 연유한 것일까.

'그럼 그렇지, 온 겨울 지나 봄의 기운까지 응축한 용트림이 이 정도는 돼야지.'

달빛 내려앉는 야밤에 홀로 하늘을 보며 소릴 질렀다.

선명하게 노란 꽃잎의 궁궐 안에 전봇대처럼 돋은 수술은 꽃가루를 한 줄의 전선에 매달아 밤손님인 박각시나방을 기다린다. 나방은 온몸이 털로 뒤덮여 꽃가루가 묻지 않는다. 이런 장애를 달맞이꽃이 그냥 용인할 리는 만무. 줄 채로 몸에 휘감겨 이동하도록 머리를 썼다.

달맞이꽃은 역시 밤에 보아야 본디의 면모가 드러난다.

부푼 배가 터져 꽃이 되는 순간, 꽃잎 열리는 소리, 그 향 얼마나 고운지를 느껴보시라. 앞으로 3년간은 당신의 앞날이 잘 풀릴 것이다.

추천사가 과했나?

2018년 7월 12일, 공생의 실화

공생은 이 세상 생물의 기본 존재 원리다.

종 사이에서 일어나는 긴밀하고 지속적인 연합이다. 사람만 해도 장내 세균이 속 편한 생활을 하게 해준다. 독립생활을 하던 박테리아였던 미토콘드리아가 진핵세포 안으로 들어와 '세포 내 공생'을 하며 생명 활동에 필요한 에너지를 생성해주는 기막힌 메커니즘을 발휘한다. 녹색식물의 세포로 들어온 엽록체도 원핵생물인 미생물 남조류다. 이것이 빛을 화학에너지로 바꾸는 광합성이라는 위대한 활동을 펼친다. 푸른 지구를 만들어나가는 고마운 존재다. 이것들이 공생의 결과다.

달맞이꽃을 음미하다가 유독 자람이 멈춘 개체를 발견했다.

공생의 대표적 사례로 꼽히는 진딧물과 개미.

가까이 다가서 보니 진딧물이 다닥다닥 붙어 꼬물거리고 있다. 몸체의 진액을 빨고 있었다. 줄기로부터 꽃대에 이르기까지 빈틈없이 에워싼 연두색 벌레는 어디가 머리고, 꼬리인지 구분하기 어려울 정도다. 수만 마리가 넘는 이 작은 군상들은 날개 달린 어미가 날아와 처녀생식으로 번식을 거듭한 가족들이다.

배설하는 탄수화물이 개미에겐 감로수다. 제때 치우지 않으면 끈적함으로 진딧물도 꼼짝하지 못하니 개미가 부지런히 먹어주는 게 서로에게 좋은 셈. 개미는 대신 진딧물의 천적인 무당벌레를 물리치는 보디가드를 자처한다.

그런데 뭔가, 달맞이꽃은 할딱거리며 가쁜 숨을 몰아쉬고 몸은 혈색을 잃어 거뭇하지 않은가. 꽃잎을 피우거나 수술을 내는 과정도 거두절미 당했다. 비상의 매뉴얼로 근근이 올린 양분 쪼가리로 겨우 암술만을 덩그러니 올리지만, 생을 더 지탱하긴 어렵다.

주변을 살펴보니 진딧물이 모든 달맞이꽃을 점령한 것은 아니었다. 그 한두 개체만을 선택하여 집중한 것이다.

오늘 달맞이꽃 위에서 펼쳐진 공생의 파노라마를 어떻게 보아야 하나.

달맞이꽃은 희생만 한 것일까? 아니면 그 과정도 공생의 한 면이었을까.

생명의 세계는 서로 뭉침으로써 도우며 살아가게 되어 있다. 이런 관계가 깨어질 때 탈이 나는 것이다. 우리가 경험하는 '깨진 평화'도 그런 거다.

2018년 8월 21일 밤, 달맞이꽃의 달맞이

폭풍이 예보된다. 하루하루 꽃을 피우며 차곡차곡 결실을 쌓던 달맞이꽃이 꺾이고 쓰러질까 걱정이다.

보름날을 기다릴 수가 없다. 오늘 밤을 디데이로 잡았다.

높이 돋은 달을 맞추려면 높은 언덕 위에 핀 꽃을 땅바닥에 엎드린 채 하이앵글로 찍어야 한다. 망원 렌즈를 60도 이상 기울인 상태로는 아무리 강한 삼각대라도 균형을 잡기가 어렵다. 자세 역시 마찬가지. 누가 보면 무슨 짓인가 싶겠지만 밤이라서 다행이다. 손으로 받치고 목은 삐뚜로 꺾고 허리를 꼬아 자꾸만 풀리는 삼각대를 다시 고정해가며 한 컷 한 컷 눌러야 했다.

◆◆◆

← 진딧물이 줄기에서 흡즙하자 개미들이 그들의 달콤한 배설물을 받아먹으며 무당벌레를 물리쳐준다. 공생의 대표적 사례다. 그러나 정작 달맞이꽃의 운명은?

일이십 분도 아니고 3시간씩이나 해대는 나도 어지간하다. 땀범벅이다.

서쪽으로 이동하는 달과 반대로 나는 동쪽으로 수시로 클릭 이동을 해야 한다.

앵글을 통해서 보는 달이 이토록 빠르다니, 새삼스럽다.

뭔가가 날아든다. 눈이 휘둥그레진다. 박각시나방이겠지?

예감은 맞았다. 빙고!!!!!!

◆◆◆

↑ 달빛의 실루엣 속에 포착된 밤손님 박각시나방

↗ 간밤의 태풍에도 안간힘을 다해 꽃을 피웠으나 꽃잎은 만신창이다. 과연 수정의 목표는 이뤘을까?

순 노랑으로 보이는 꽃을 자외선으로 보면, 색맹인 우리 눈엔 보이지 않는 무늬가 있다. 이 유도등을 따라 어둠을 헤치고 찾아든 것이다.

교교히 비추는 달빛 아래서 벌어진 화룡점정의 순간.

달과 박각시나방과의 완벽한 조화. 실루엣에 녹아든 채색이 눈부시다.

달맞이꽃은 매일 밤 이렇게 멋진 달맞이를 하며 살았던 것이군.

2018년 8월 29일, 비 오는 날이면

요 며칠간 계속 비다.

달맞이꽃이 궁금해졌다. 난 왜 달맞이에 집착하는 걸까?

거부할 수 없는 신내림으로 내 가슴에 들어찬 '그리움'의 꽃, 달맞이꽃.

지난밤엔 폭우가 내렸다. 천둥번개와 세찬 비바람. 안간힘을 다해 꽃을 피웠다. 그러나 과연 번식엔 성공했을까?

일찍 깨어 들판으로 나갔다.

비단처럼 고운 잎은 물 폭탄을 맞아 온통 상처투성이였다. 그가 흘린 피로 간밤의 물길은 노랑이었을 게다. 암술을 찾아가지 못했을 꽃가루는 무위로 끝난 것일까?

씨앗의 금자탑을 차곡차곡 쌓아 올리며 꼿꼿하던 줄기가 강한 바람에 누워버렸다. 그런 상황에서도 꽃대만큼은 빳빳하게 고개 들어 하늘로 향한다. 이대로 쓰러질 수 없다는 강한 의지다.

앞으로도 바람센 비의 날이 또 다가올 것이다.

힘들지만 오늘처럼 버티겠지. 그렇게 살아가는 거겠지?

2018년 11월 12일, 생체시계의 종이 울리다

끝나야 할 시기에 뒤늦게 자란 신초가 낮에 꽃을 피운다. 달맞이꽃의 '해맞이'다.

갈 길은 멀고 해는 서산에 걸리고, 배고픈 나그네 신세. 내적 고요의 밤을 포기한 지는 오래다. 낮은 짧고 온도는 떨어진다. 낮을 밤 삼으며 기회를 엿본다.

'위대한' '남국의 햇빛'으로 꽃에서 씨앗으로 극적인 변화를 일으키던 얼마 전의 과거도 잊었다.

◆◆◆

→ 11월 중순, 생의 기간이 얼마 남지 않았음을 느꼈음인지 남은 힘을 다해 동시다발적으로 대낮에 꽃을 피운다.

영하의 추위가 계속되자 힘이 소진되었나보다.
끝까지 꽃이어야 함을 포기하지 않던 큰 숨소리 꺾인 기세가 나직하다.

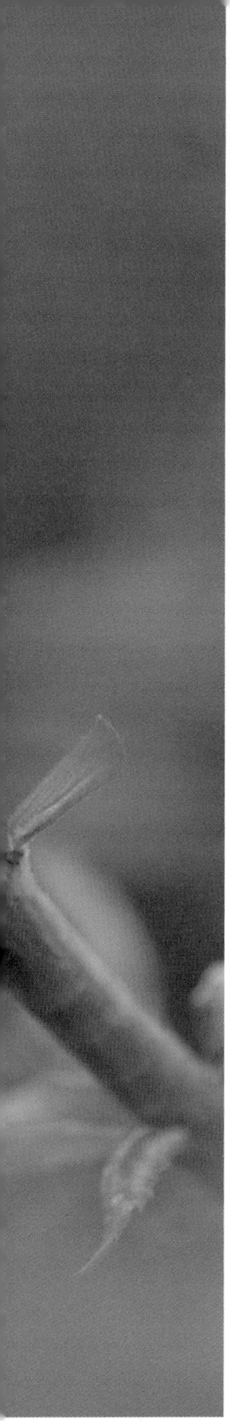

'꽃'임을 포기하지 않았기에 기존 질서는 무시하기로 했다. 위 줄기, 아래 줄기 막론하고 동시다발로 온몸이 꽃불 덩어리다. 이대로 시들 수 없어 성성하게 며칠을 애타게 기다리지만, 나방도 벌도 더는 찾지 않는다.

이미 입동이 지났다. 치명적인 서리가 내린 몇 밤을 버티어 냈다.

열흘은 더 피워야 할 만큼 꽃봉오리 많이 달아 놓았는데, 어이 할거나.

2018년 11월 24일, 희망가

지난밤엔 영하 6도까지 내려갔다. 하루가 다르다.

철쭉 가지에 걸치어 간신히 숨을 헐떡이는 줄기 하나.

애써 희망가를 부르며 내일을 기다리던 '못다 핀 꽃 한 송이', 스러진다.

간밤의 된서리에 꽃대는 구부러지고 꽃잎은 얼음멍이 들었다. 전신에 내려앉은 하얀 성에로 생체시계의 바늘이 힘겹다.

난관의 시기를 관통하며 살아낸 생육, 돌이켜보면 그 시간이 모두 설법이었다.

이제 남은 힘 비워내고 등신불에 들려는가.

방석 깔고 좌정한 로제트 동자승들이 먼발치에서 배를 올린다.

제비꽃

앉은뱅이의 재주 좀 보소

봄 땅에 주저앉아

"울 아버지 산소에 제비꽃이 피었다"로 시작하는 나훈아의 노래 '테스형!'

코로나바이러스로 온 세계가 지쳐있던 2020년 추석, 관객 없는 콘서트에서 백발의 노 가수가 "세상이 왜 이래"라며 호소하듯 부른 노래가 기억에 남는다.

그해 겨울, 미국에 계신 어머니의 임종을 코로나로 인해 지켜드리지 못했다. 모셔와 합장한 후 다시 찾은 이듬해 4월, 새로 올린 봉분에 이전에는 없던 흰젖제비꽃이 해맑게 피어 있었다.

제비꽃은 길가나 담장 한 곁, 보도블록 틈에서도 꽃을 피우는 땅꼬마다. 엎드려야만 겨우 눈을 맞출 수 있다. 희거나 노란 것도 있으나 주로 보라색이다. 학명인 'Viola'는 꽃 색을 본뜬 이름이며 영어 'violet'이 여기에서 비롯되었다. '앉은뱅이꽃'이나 '오랑캐꽃'으로 불렀던 우리나라보다는 서양에서 더욱 사랑을 받은 모양이다.

이 나약한 듯한 앉은뱅이가 환경의 변덕이 심한 프린지에서 뿌리를 박고 여러해살이를 한다는 건 필경 재주가 많거나 강한 심장이 뛰고 있기 때문일 것이다.

꽃에 숨겨진 다빈치 코드

땅꼬마 제비꽃은 오래 산다. 다년생이다.

뿌리에서 생장점을 내어 직접 잎과 꽃줄기를 하나하나씩 키워 올리는 직영체제를 갖추었다. 인삼의 뇌두와 같이 짧고 굵은 원뿌리에서 대여섯의 곁뿌리가 나오고 다시 무수한 실뿌리가 파생한다. 1년생과 달리 다년을 산 개체에는 곁뿌리 하나가 몸체보다 3배 정도는 길고 왕성하다. 겨울을 이겨내며 양분을 모으는데 공헌한 뿌리이다.

따스한 태양이 언 땅을 녹이면 갈라진 틈 사이로 들어온 빛을 신호로 씨앗이 트고, 새싹이 돋기 시작한다. 자외선을 볼 수 있는 곤충류의 눈에 보라색은 아주 밝은 색이다. 그래서 무리 지어 보라 월드를 구축해 그들을 기다리지만, 관찰 결과 거의 찾아들지 않았다. 벌이 사라질 세계를 대비해 자가수정의 방편을 택하는 것은 아닌지.

암튼 옹기종기 핀 꽃을 보면 파랑새가 내려앉아 합창하는 듯하다.

꽃잎 5장은 좌우대칭을 이루며 3단 구성이다. 위 잎과 가운데 잎은 각 2장. 존재의 아름다움으로 호객을 한다. 맨 아래 가장 넓고 둥근 혀 잎 1장은 짙은 맥줄의 허니 가이드를 그어놓은 벌의 이착륙장이다.

이 정도면 보통의 꽃들과 크게 다를 바가 없어 보이지만 암호풀기는 지금부터다.

제비꽃을 보면 연두색의 암술머리가 우뚝 솟아 있고, 핵탄두를 감싸듯 노란 부속체가 암술대를 둘러싼다. 이것이 육안으로 볼 수 있는 전부다. 그러니 번식이 거세된 원예종처럼 수술이 보이지 않는다.

← 제비꽃. 연두색의 암술을 노란 부속체가 둘러싼다. 이것이 육안으로 볼 수 있는 전부다. 수술은 보이지 않는다.

↓ 꿀이 있는 거, 꽁지머리처럼 뒤로 뺀 거, 벌은 꽃을 통과해야 거로 빨대를 들이밀 수가 있다. 이런 원리로 수정을 하는데 너무 힘들고 복잡한 구조다. 거는 '박차'라고도 하며, 토트넘 핫스퍼는 수탉의 거를 상징으로 한다.

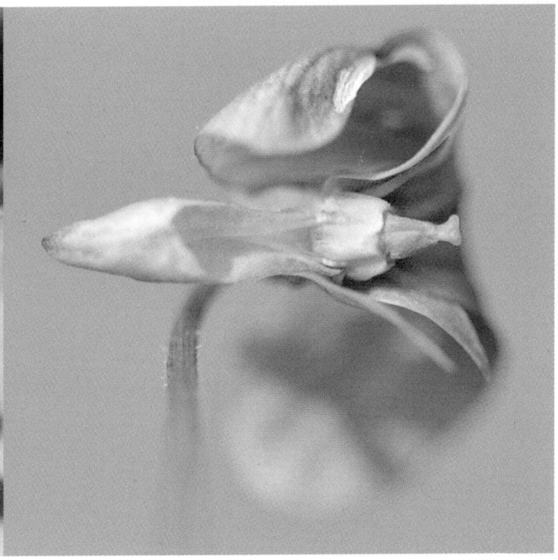

보자 하니, 저 동굴 안 음지에서 양지를 지향하는 충만한 열정으로 5개가 씨방을 감싸고 있었다. 꽃을 해체하여야만 볼 수 있으니 시작부터 너무나 은밀하다.

끈기를 갖고 안으로 한 발 더 들어가 보자.

꽃의 뒤로 뻗은 꽁지머리를 '거距'라 칭하는데, 이건 또 무엇?

어려운 한자가 우리말로 대체되지 않은 것이 애석하지만, 인내를 갖고 이해해보자.

거를 다른 말로는 '박차拍車'라고도 하는데, 이러면 더 어렵나? 그러면 '박차를 가하다'는 말은 익숙할 것이다. 카우보이가 말을 자극하여 빨리 달리게 한데서 유래한 박차. 구두의 뒤축에 매단 뾰족한 쇠 장식이 '거'다.

영어로는 스퍼spur다. 무슨 말인가 싶겠지만 겁먹지 마시라. 귀에 익은 단어다.

손흥민이 속한 프리미어리그의 '토트넘 핫스퍼'를 떠올려 보자. 엠블럼을 보면, 축구공 위에 올라선 싸움닭 다리 뒤쪽으로 유난히 튀어나온 발, 그것이 스퍼다.

여기에 씨방에서 발원한 2개의 파이프라인이 합쳐지며 꿀이 모아진다. 배고픈 벌들에겐 이만저만한 장난꾸러기가 아니다. 부속체와 씨방으로 좁아진 병목을 낮은 포복으로 기어들어 가서 빨대를 꽂으려면 꼬마 벌이어야 가능하다. 이때의 자극과 진동으로 꽃가루가 벌의 몸으로 흘러내리며 꽃가루의 교환이 이루어진다.

아하, 그래서 수술이 거기 있었던 거였구나. 하나의 암호는 풀렸다.

이런 거가 맛난 꿀이 있음을 연출하는 미장센으로 활용되다니, 그 메커니즘이 내겐 온통 미스터리다. 수분을 돕는 설계가 이렇게 복잡한 것을 나는 이해하진 못하겠다.

다만 무심코 지나친 제비꽃이 톱니바퀴가 정밀하게 맞물려 돌아가는 초분침의 시계처럼 용의주도하게 후대를 이어갈 재주를 부린다는 게 놀라울 따름이다.

가을, 문 닫고 영업을 하는 이유

대부분의 봄꽃은 얼른 피고 얼른 결실하여 휴면에 들지만, 다정도 병인 양 제비꽃은 잠 못 들고 이모작을 한다. 여름부터 가을까지 짓는 두 번째 농사인데 사뭇 다르다.

이 똑똑이가 택한 실용이 바로 '폐쇄화'다.

꽃을 피우지 않고 열매를 맺는다? 문을 닫고 영업을 하는 셈이니 상식을 넘는다.

이때는 들녘에 다른 꽃들이 만발하기에 가뜩이나 꿀 빨기가 어려운 제비꽃에 다가올 곤충은 아예 없다. 그래서 일찌감치 아름다움을 포기했다. 꽃잎도 꿀도 만들지 않으니 꽃 몸살을 앓을 일도 없다. 힘을 아껴 결실에 집중한 것이다. 폐쇄화는 뿌리에서 돋을 때부터 계약 결혼을 하여 합방을 한다. 지상에 드러난 씨방은 이미 수정이 끝난 상태였다.

언제부터 꽃술이 존재하고, 언제 수정하는가를 살피려 큰 것에서부터 아주 작은 것까지 단면을 살펴보았으나 이미 모두 쌀밥 같은 씨앗이 들어차 있었다. 아직 통통해지지 않은 매우 작은 봉오리에서 발견한 노란 자국만이 암·수술이 있었으리라는 단서였을 뿐, 과정에서 남긴 흔적조차 찾을 수 없었기에 내린 결론이다.

씨앗이 점점 익어가면서 씨방은 서서히 고개를 든다. 2022년 9월 24일부터 관찰한 한 개체는 일주일을 지나 꼬투리를 틀었고, 다시 일주일 후엔 깍지를 열어 씨앗을 날렸다. 일조량과 적산온도에 의한 차이로 10월보다

◆◆◆

↑ 이모작을 하는 제비꽃의 결실. 덜 여문 씨앗은 쌀밥, 익으면 갈색이라서 보리밥으로 불렀다.

↑ 폐쇄화. 꽃을 피우지 않고 열매를 맺는 방식이 독특하다. 꽃잎도 꿀도 만들지 않으니 꽃 몸살을 앓을 일도 없다. 주머니가 지상에 드러나면 수정이 이루어진 상태다.

11월엔 과정이 더 길었다. 그러니까 개방화보다 수정의 과정은 빨랐을지라도, 결실과 비산의 과정은 길었으며 씨앗의 수도 적었다. 우황청심환처럼 은근히 윤나는 씨앗을 붙잡아두던 쫄깃한 엘라이오좀은 본체로부터 오는 양분을 전달하는 통로 구실을 하다가 떨어지면 개미의 먹이가 되어 씨앗이 멀리 이동되도록 도움을 준다.

폐쇄화는 무거워지는 머리의 무게를 이길 만큼 꽃줄기가 단단해지고 커져야만 생명의 고개를 든다. 그리고 차례차례 순서를 정해 꼬투리의 비틀린 힘으로 씨앗이 튕겨 나간다. 그해 10월 말, 며칠간 오던 비가 그치고 햇살이 맑아지자 동시다발적으로 깍지를 열던 장면을 목격했다.

오호, 너희도 길일을 택할 줄 아는구나!

폐쇄화의 결실률은 무려 70퍼센트. 개방화보다 2배는 높다고 하여 유심히 바라봤더니 과연 그랬다. 이유는 벌이다. 이미 다른 꽃이 많은데 굳이 꿀 빨기가 어려운 땅꼬마에게 뭐 하러 찾아오겠는가. 우리가 예쁘다고 바라보는 제비꽃에게 봄은 어쩌면 위기의 계절일지도 모른다. 꽃이 수정하지 못한 채 말라가는 장면을 보며 생존을 위한 변화가 일어나겠구나, 어쩌면 더는 봄에 제비꽃을 볼 수 없거나 유혹의 향기를 장착하거나 혹은 거를 없애고 꿀을 암술머리 쪽으로 가져오는 등, 형태를 바꿀지도 모른다는 생각이 들었다.

그러고 보면 유전적 다양성은 부족해도 멸종보다는 종족을 유지하는 것이 유리하다는 판단에서 내린 결정이 바로 폐쇄화였다. 그래서 폐쇄화에 진심이었던 것이구나. 단점을 보완하기 위해 기회가 있으면 종간교잡을 주저하지 않았음을, 그래서 지금도 새로운 종이 계속 생겨나는 것이 그런 이유였구나! 아하! 이제야 알겠다.

봄과 가을, 수정의 방법을 달리한 제비꽃은 정말 '머리'가 좋다.

인정! 인정!

제비꽃에 헌사를 드리는 방법

봄을 여는 바람으로 다가와서, 겨울이 시작되는 추위에 물러가는 제비꽃.

길가에서 짓밟히면서도 야무지게 살아가는 아직도 여전히 잡초일 뿐이다.

잡초란 말에 울컥, 한번 따져보자.

환경을 망친 것은 오히려 인간이었다. 식물이 이 땅의 주인이다. 상처 낸 지구를 쉼 없이 치료해 주며 보전했다. 정작 잡초는 인간이 아닐까?

가물어 깡마른 날에도, 비바람 모진 날에도 제비꽃은 삶을 포기하는 법이 없었다.

약점이나 불리함, 이런 것은 어떻게 극복하느냐에 따라 장점이 되고 매력이 된다.

자기의 핸디캡을 능히 이겨내며 앉은뱅이가 총명한 재주로 살아가는 몸짓을 보라. 다섯 장 꽃잎 활짝 벌려 부르는 승자의 노래를 들어보라. 우리가 제비꽃에 드릴 헌사는 화단의 빈 곳을 내어주는 일뿐. 그러나 곧 '지구가 통째로 제비꽃 화분'으로 환해지리라.

우주를 사랑하는 방법은 그리 어렵지 않다.

◆◆◆

↖ 우황청심환 같은 씨앗엔 영양 덩어리인 엘라이오좀이 붙어 있다. 몸에서 전해지는 양분을 전달하는 역할을 한다. 깍지에서 낙하하면 다시 개미가 섭취할 먹이가 된다. 개미는 대가로 씨앗여행을 보내준다.

← 제비꽃도 길일을 택한다. 며칠간의 비가 그치고 햇살이 맑아지자 동시다발적으로 깍지를 열었다.

쥐방울덩굴

먹고 먹힘의 함수

뭔가에 꽂힐 때는 이유가 있다.

그중 이름이 재미있어서 찾아보기 시작한 게 쥐방울덩굴이다.

'쥐방울', 많이 들어본 말이지만, 그 모양이나 크기는 구체적으로 연상되지 않는다.

'작다' 혹은 '가소로운 것'의 비유라면 무엇이 얼마나 작으며 어떻게 생겼길래.

'쥐뿔'보다는 클까? 하긴 난 쥐뿔도 모른다.

정원 아닌 자연에서 자라는 쥐방울덩굴을 찾다가 두 해를 그냥 보냈다.

어느 해 겨울, 가평의 산책길 주변에서 우연히 마주한 열매가 내가 찾던 쥐방울덩굴임을 알고는 봄을 기다렸다. 이듬해 5월에서야 만난 쥐방울덩굴은 억세리라는 선입견과는 달리 그냥 여린 풀이었다. 알고 보니 산림청이 지정한 국외반출 승인대상 농업생명자원이며, 보호식물이다. 국립수목원이 지정한 희귀식물 약관심종이다.

한 식물이 멸종하면 그걸 먹이로 하는 곤충이 멸종된다. 기주로 하는 꼬리명주나비와 사향제비나비가 그런 신세다.

먹고 먹힘으로 서로 의미 있는 존재가 되는 것. 쥐방울덩굴을 통해서 생각해 보았다.

동굴 안 난리 블루스

쥐방울덩굴. 작은 꽃은 쥐를 닮았고, 열매는 방울 형태라고 해서 지은 이름이다.

가평 설악의 한 덤불숲에서 새싹을 발견해 거의 매일 시시때때로 다가가 눈 맞춤을 하였다.

줄기는 약해 보여도 여러 가닥이 꼬인 와이어처럼 강하고 딱딱하다. 주변 식물에 걸칠 때까지 뻗쳐오른 후에야 하트모양의 잎을 내고 갈래를 펼친다. 뭔가를 감는 속성 때문에 풀숲에선 나무를 탈 때보다 활력의 범위가 그다지 넓지 않다.

6월에서 7월로 접어들자 잎겨드랑이에서 작은 꽃이 핀다. 많게는 3개의 꽃이 난다. 쥐같이 생겼나? 쥐의 이미지를 떠올려 보지만 옛사람들의 상상력을 따라잡을 수가 없다.

서로 꼬인 줄기에서는 잎의 간격이 좁아져 무더기로 모여 핀 꽃들로부터 곧 브라스밴드의 축제 팡파르가 울려 퍼질 것 같은 기대감을 준다. 꽃의 끝은 실을 꼬듯 돌돌 말려 무한대의 하늘로 솟구친다. 전체적인 모양은 언뜻 높은음자리표처럼 보인다. 그런데 이 꽃은 꽃잎이 없다. 꽃받침 통꽃이다. 매혹적 색은 아니지만, 형태는 앙증맞다. 서양에선 색소폰이나 마도로스의 담배 파이프로 표현했다.

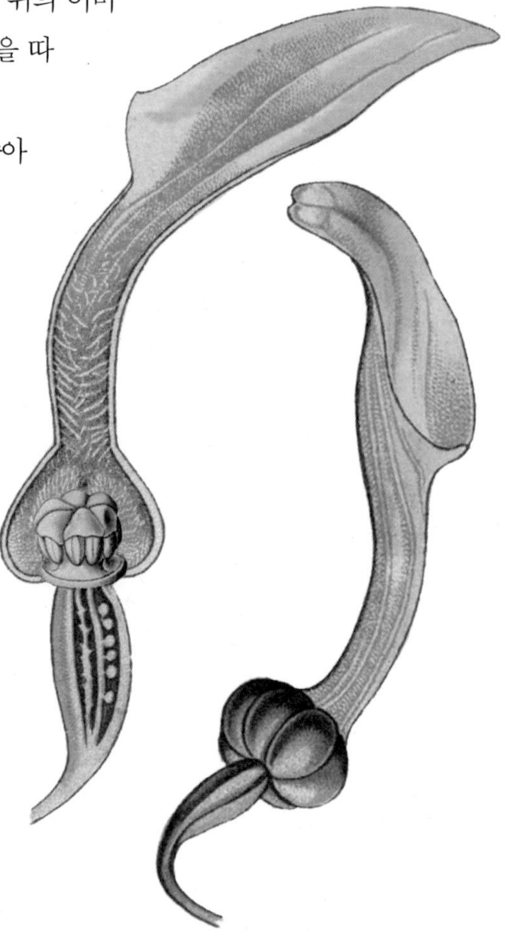

◆◆◆

↑ 쥐방울덩굴은 꽃받침 통꽃이다. 우린 쥐방울덩굴로, 서양에선 색소폰이나 마도로스의 담배 파이프로 보았다. 학명은 여성의 자궁과 나팔관으로 보고 지었으니 연상은 저마다 다르다.

← 퀴퀴한 향기를 맡고 깊은 통속으로 들어온 파리는 맘대로 나갈 수가 없다. 암술이 짝을 만난 후에야 탈출이 가능해진다. 수정이 용이하도록 여섯 봉우리의 암술은 위, 그 아래를 수술이 받치는 구조혁신을 감행했다.

학명은 여성의 자궁과 나팔관으로 보고 지었다고 하니 보기에 따라 연상하는 형태가 저마다 다르다.

꽃은 나팔관, 꽃 아래 암·수술이 좌정한 불룩한 원통은 자궁 형태로 보인다. 노랑망태버섯이 그렇듯이 그곳에서 나는 퀴퀴한 향기가 곤충들을 유인한다. 사선으로 통을 자른 듯 너른 터널 입구는 자상하게 줄을 그어 트랙을 구분했다. 친절한 호객 행위다. 워터 슬라이드를 타고 안으로 미끄러져 들어온 벌레들이 닿는 곳은 바닥. 나가려면 고생이다. 구부러진 통꽃의 절벽에 섬모가 역방향으로 돋아서 헤치고 나갈 수가 없다. 시시포스의 신세가 된다. 그러는 사이 수분이 이루어진다. 뜻하지 않게 식충식물로 오해받았지만, 곤충 사체의 냄새를 화학적으로 흉내 낸 가루받이 전략을 처음으로 이 식물이 채택하고 있음을 과학자들이 2021년에 밝혀냈다. 그곳에 파리류가 들어온다.

꽃도 곤충을 이용한 효율적 수정을 위해 구조를 변경했다.

거의 모든 꽃은 암술을 주위로 수술이 둘러싼 형태를 이룬다. 그런데 암술은 위, 수술은 아래로 서로 반대 방향을 바라보는 구조혁신을 감행했다. 여성상위다. 동굴에 떨어진 곤충들이 허겁지겁하는 사이 몸에 묻어온 꽃가루가 암술에 떨어져 수정될 테고, 바닥에서 허둥대는 동안 다시 수술 꽃가루를 몸에 묻혀 나가도록 하는 방식을 택한 것이다. 울룩불룩한 육봉의 암술 지붕을 수술 기둥이 받친 건축물 형태의 자궁 안에서 그런 난리가 벌어진다. 쥐방울덩굴은 암술이 먼저 성숙한다. 수분이 이뤄지면 좁은 입구 쪽의 털이 흑갈색으로 시든다. 꽃가루 묻은 파리가 탈출하도록 잠금을 푸는 거다.

그렇게 관찰이 계속되던 7월 어느 날, 잘 자라던 것들이 사라져버렸다.

귀신이 곡할 노릇이지, 그간 내가 보아온 것이 하루아침에 감쪽같이 없어진 것이다. 주변 다른 곳의 덩굴도 며칠 후에는 사라졌다. 제초작업을

◆◆◆

↑ 두레박 같은 통 안에 차곡차곡 쌓인 씨앗은 바람에 날아간다.

한 흔적도 없었다. 대체 무슨 일이지? 어떤 동물이 먹어 치운 것일까?

의문은 떠나지 않았다. 어쩔 수 없이 그해의 관찰은 거기까지였다.

열매는 인위적으로 조성한 인천의 나비공원과 중랑천 생태공원에서 관찰해야만 했다.

호박이나 오이처럼 꽃 아래 길쭉한 부분이 열매다. 긴 꽃줄기에 매달려 익어간다. 10월이 넘어가면 꼬투리는 여섯 갈래로 벌어지고 꽃줄기가 여섯 가닥으로 갈라져서 각각 잡아준다. 옛사람들은 이를 '까치오줌통'이라 했다. 유독 이 식물에 대해 상상력이 뛰어난 것은 무슨 연유일까? 거꾸로 뒤집은 낙하산이나 우물을 길어 올리는 두레박 같은 익은 열매의 속은 책장처럼 수납공간을 마련해 씨앗을 차곡차곡 쌓아놓았다.

이듬해, 다시 눈을 부릅뜨고 지켜보았다. 멸종해 없어졌을까 걱정했지만 반갑게 몇 개체에서 싹이 나서 자랐다. 그런데 지난해와 똑같은 일이 벌어졌다. 불행 중 다행이랄까, 말라 죽어가는 덩굴을 발견할 수 있었던 게 그나마 소득이었다.

아뿔싸, 사향제비나비 애벌레의 소행이었다.

아니, 왜 그들은 자기의 먹이인 덩굴의 생명을 끊는 것일까. 동료가 죽어가는 데 그럼 공멸 아닌가? 충격이었다. 잎만 먹지 줄기는 왜 먹을까. 심지어 열매도 먹어치웠다.

자연의 질서는 합목적적이란 절대믿음에 의심이 생기기 시작했다.

누군가를 위해 산다는 것

내심 아름다운 꼬리명주나비를 기대했지만, 이곳에선 같은 호랑나비과에 속하는 사향제비나비가 찾아들었다. 불문율인가보다. 한 덩굴에 두 종이 살지는 않았다.

어떻게 알고 찾아오는 것일까.

식물이 만들어내는 유인물질인 수많은 카이로몬kairomone 중에서 곤충은 기주식물이 내는 냄새의 비율을 정확히 구분해내는 능력이 있다고 한다. 사향제비나비는 강한 운향인 아리스토로크산을 맡고 찾아온다. 그 독을 몸 안에 저장하는 방법을 터득해 독식에 성공했다.

녹음방초의 5월, 철쭉이나 보리수나무, 여러 풀꽃을 다니며 부지런히 꿀을 빨더니 어느새 알을 붙여놓았다. 여름으로 접어들며 숲은 우거지고 주변의 풀은 허리춤까지 자랐다. 자연 서식의 관찰을 고집한 내가 미련한 걸까. 줄줄 흘러내리는 땀과 달려드는 벌레들, 거미줄, 숲이 깊어져서 헤쳐가기도 두렵다. 그럼에도 사향제비나비가 알 낳는 장면을 촬영한 것은 더위에도 버티고 있던 내게 찾아온 행운이다. 잎 겉면에 다리를 버티고 몸통의 아래를 구부려 잎 뒷면에 알을 붙이는 때만은 동작 그만! 가장 거룩하고도 위험한 순간이다.

날아간 뒤 들춰보았다. 반투명으로 노랗고 둥근 알이 작은 알사탕처럼 붙어 있었다. 그런데 1주일여 지난 후 개미 크기 정도로 갓 부화한 1령의 애벌레가 자신의 알껍데기를 먹고 심지어 다른 알마저 먹어 치우며 몸집을 불리고 있었다.

동료를 잡아먹는 카니발리즘cannibalism? 다시 미궁에 빠졌다. 줄기까지 먹어 식물의 생장을 중지시키던 이유와 동족포식의 의문은 어떻게 설명할 수 있을까?

일본의 아스토미 가즈오가 《작은 곤충의 유쾌한 생존전략》에서 답을 내놓는다.

그는 쥐방울덩굴의 일방적 희생, 사향제비나비의 잔혹성. 이것을 상생의 생존전략이란 면에서 바라보자며 시선 전환을 요구한다.

취방울덩굴은 그다지 번식력이 강하지는 않다. 그래서 사향제비나비의 식량자원으론 한계가 있다. 그들의 왕성한 식욕을 감당하기 어렵다. 그러므로 후에 태어나는 것은 굶어 죽기 십상. 동족포식은 종족이 한꺼번에 망하는 위험을 미연에 막는 결과로 이어진다. 알을 먹고 자란 애벌레는 훨씬 빨리 성장하고 체중도 무겁고 강하다. 종족보존의 입장에선 매우 강한 개체로 차세대를 연결한다. 덩굴에도 이익을 준다. 물어뜯어 떨어진 줄기에서 뿌리가 나와 새로운 줄기가 생겨, 종을 번성시키는 결과를 가져온다.

일견 이해가 되지만 갸우뚱하다. 내가 관찰한 바로는, 잘린 줄기는 바로 말라버렸고 다시 자라 오르는 새로운 개체를 보진 못했다. 만일 그렇다면 종의 생명은 끝이란 말인가?

아니다. 그들은 뿌리로도 번식하고, 여러해살이를 함으로써 종의 위험을 회피한다. 독을 만든 고도의 지혜가 그렇게 일회성으로 그치고 말리는 없잖은가.

5령까지 4번의 허물을 벗는 애벌레는 육체이탈의 성장통을 앓으며 덩치와 크기를 불려 나간다. '애'가 '어른'이 되는 완전변태는 경이롭다. 기는

◆◆◆

↖ 쥐방울덩굴을 기주식물로 하는 사향제비나비가 알 낳는 순간. 몸통을 구부려 잎 뒤에 붙인다.

← 애벌레가 기주의 줄기를 먹어 말라 죽었다. 그렇다면 나중에 자라는 애벌레는 무얼 먹고 자란단 말인가. 의문이 한둘이 아니다.

◆◆◆

↑ '애'가 '어른'이 되는 완전변태는 경이롭다. 기는 생에서 나는 생으로의 전환, 드디어 하늘을 자유로이 휘젓는 나비에서 다시 고치로 돌아가는 순환은 그 변화가 너무나 극적이다.

생에서 나는 생으로의 전환, 드디어 하늘을 자유로이 휘젓는 나비로의 탄생이다.

취방울덩굴의 독성을 역이용한 생존법으로 주황색의 사향제비나비는 유유히 하늘을 날아다닌다. 새들에게 해볼 테면 해보라는 거드름 몸짓이다. 그럴 만도 하지 않겠는가. 1퍼센트의 생존확률에서 살아남은 자의 날갯짓이다.

먹은 죄

생태계의 바늘코 하나가 끊어지면 도미노 무너지듯 주변으로 확대된다. 사슬을 잇는 사향제비나비와 쥐방울덩굴의 얽힘도 그런 관계다.

애벌레의 마지막이 나비의 처음인 것처럼, 누군가는 죽고 누군가는 태어난다. 삶과 죽음, 둘 간의 거리는 생각보다 멀지 않다.

그러나 어느 유족도 복수를 꿈꾸지 않는다
다 먹은 죄가 있기 때문이다
한없이 슬퍼도 적막한, 푸른 숲속의 일이다
(반칠환, '먹은 죄' 중에서)

먹으며 먹히는 자로서의 동물과 식물의 증여, 순환의 생태 고리는 불변의 카르마이며 영원한 축제이기도 하다. 그런데 지구상엔 그 사실을 망각하고 솜씨를 갈고닦아, 닥치는 대로 먹어치우는 한 종이 있다. 그건 누구일까?

당신이라면 깨달을 것이다.

모과나무

향기로운 세상을 위해, 건배!

미의 기준을 생각한다

현대에서 미추의 기준은 이전보다 훨씬 명확하다.

못생김은 추함으로 저주받은 것, 혹은 게으른 탓, 심지어 죄로 여긴다.

잘난 연예인이 성형으로 오히려 추해 보이는 경우가 있다. 아름다워지려는 욕망은 동식물세계에서 흔한 일이다. 그런데 태생부터 못생긴 것은 어찌할꼬.

고인이 된 이주일이 "못생겨서 죄송합니다. 뭔가 보여 드리겠습니다"라는 고백에 오히려 사람들은 카타르시스를 느꼈다. 〈반지의 제왕〉에서 "My Precious!"(절대반지)를 외치는 골룸이나 〈노트르담 드 파리〉의 흉측하게 생긴 성당의 종치기 꼽추 콰지모도는 못생김의 미학을 보여준 최고의 캐릭터였다.

'호박꽃도 꽃'이라고? 더불어 '호박'도 같은 취급을 받는다.

그에 못지않은 과일은 모과다. '나무에 달리는 참외'라는 목과木瓜가 쉬이 발음되어 전승된 이름, 모과. '과일계를 망신시키는 꼴뚜기'란다.

반 고흐가 정물화의 대상으로 택한 모과를 우리나라에선 너무 막말로 대한 듯하다.

만일 모과가 진정 조롱의 대상이었다면 인간계에서 방치된 나무여야 했다. 그런데 예부터 뜨락 뒤뜰에 심지 않았던가. 아마도 '잘생겨서 귀여워 죽겠다'는 말의 반어법이었지 않았을까? 나는 그렇게 생각한다.

사과가 맛으로 사랑을 받았다면, 그윽한 향으로 사랑을 받은 모과는 바구니에 담겨 선비의 서재에, 우리의 거실에 문화적으로 접근한 감성적 과일이다.

한 그루에 3가지 꽃이

모과나무는 무던한 나무다. 강하다는 뜻이다.

맹아력이 아주 세다. 일부분을 잘라 다른 곳에 심어도 뿌리를 잘 내리고 심지어 뿌리가 잘려도 곧 회복한다. 그러니 가지나 줄기가 잘린 들 별것 아니다. 단단한 수피 속에 잠재된 싹을 곧잘 피운다. 꺾고 휘고 돌리고 자르고……. 작은 화분에 분재로 '예술'하려는 사람들의 장난에도 몸을 기꺼이 맡긴다.

꽃은 정말 예쁘다.

이미 벚꽃, 복사꽃이 우리 마음에 봄을 꽉 채우고 떠난 후에야 한발 늦게 꽃봉오리를 도르르 펼친다. 3년째인 가지에 바짝 붙어 한 송이씩 피기 시작하기에 먼저 핀 잎에 가려 쉬이 드러나지 않지만 아름다움은 감춰지지 않는다.

다섯 조각의 연분홍 꽃잎과 거기에 새겨진 붉은 실핏줄은 향과 꿀과 흐르는 가나안 땅으로 입성하는 이정표란 것을 벌에게 암시하며 조용히 화사롭다. 유심히 보면 여러 종류의 꽃이 핀다. 무슨 소린가 하겠지만, 암꽃과 수꽃이 따로 피며, 암술과 수술이 온전한 양성화도 핀다. 무슨 연유로 한 나무에서 저토록 분방하게 꽃을 피우는 것일까.

◆◆◆

↑ 화려한 벚꽃잔치 이후여서인가? 잎 난 후 줄기에 붙어 핀 꽃이 단번에 눈길을 끌지는 않는다. 다가서 보라. 얼마나 곱고 아름다운지. 한그루에 암꽃, 수꽃이 별도로 피며 그 둘이 하나 된 양성화도 핀다.

↑ 꽃잎이 한 장 한 장 떨어질 때면 꽃받침을 똬리 삼은 열매가 암·수술을 통째로 머리에 괴고는 길쭉한 배를 점점 불린다.

◆◆◆

↑ 모과 열매의 아름다운 노랑을 구스타프 클림트의 〈키스〉의 주색과 동일하다고 느끼기 때문이었을까. '과일계의 꼴뚜기'란 옛 호칭에 헛웃음만 나온다.

어느 시인이 '봄은 자유'라 했다. 만일 자유가 아니라면 꽃피는 지옥이라고 해보자. 지옥이라고 해서 필 꽃이 안 피고, 반짝일 게 안 반짝이던가. 모과에게도 봄은 자유다. 꽃잎이 한 장 한 장 떨어질 때면 꽃받침을 똬리 삼은 열매가 암·수술을 통째로 머리에 괴고는 길쭉한 배를 점점 불린다.

새싹이 돋는 계절이 봄이라면, 가을은 이별의 싹이 돋는 계절.

가을이 오면 초록은 동색이라서 잎사귀에 묻혀 눈에 띄지 않던 모과가 서서히 육중한 실체를 드러낸다. 잎 진 나뭇가지에 생경하게 밀착한 열매의 피부가 눈부신 황금색으로 빛난다.

구스타프 클림트가 그려낸 〈키스〉의 주색이 모과색이란 건 나만의 느낌일까?

연인의 키스만큼 모과도 달다. 그러나 날로 먹을 수는 없다. 시고 떫은데다 모래를 씹은 듯 깔끄럽기에 즙만 빨고 뱉어야 한다. 돌세포 때문이다. 인내하고 오래 씹었더니 혀가 마비되었다. 그냥 먹기는 아주 힘들었다. 먹을 수 없는 것이 고운 빛깔로 허풍만 떨어서 옛사람들이 못생겼다고 한 것일까?

모과에겐 그런 것에 아랑곳하지 않는 더 높은 차원의 생각이 있다.

사람들의 인심을 유도하는 묘책을 부린다. 낯선 이에게 모과 알 두어 개 정도는 거저 주는 아량을 베풀도록 주인의 마음을 움직인다. 모과라는 종족은 그렇게 지하철을 타고, 버스를 타고, 때론 비행기에 올라 여행을 떠난다.

또 하나의 이유, 늦도록 익어가면서 과육은 수분을 대폭 줄인다. 늦도록 썩지 않으니 악취도 나지 않는다. 말라서 버려질 때까지 안방을, 서재를 차지한다.

스승은 모과를 좋아했다. 한번은 어느 가을날 한남동 자택의 정원으로 여럿을 불러 따낸 모과를 나눠주고는 씨 수 시합을 벌이자고 하셨다. 씨가 많은 줄은 그제야 알았다. 동굴처럼 깊은 다섯 개의 씨방 안에서 갈색의 굵은 씨앗이 오글오글 모여 안식을 취한다. 1등이 72개였으니 같은 장미과의 사과가 많아야 10개인 것에 비하면 참 많은 편이다.

씨 속에는 태생으로 돌아가려는 야성이 잠자고 있어 실생으로 번식한 나무에서는 돌모과가 달린다. 언제든 산으로 돌아갈 궁리가 그 안에 웅크리고 있는 것이다.

쉬이 변하는 인간을 못 믿어서였을까?

서리 맞은 향의 정체

이게 찬 서리를 맞으면 향이 좋아지고 더 크게 익습니다.

스쳐 지난 말이었지만 이해가 되지 않았다. 스승은 자연에 대한 비유로 많은 감동을 주신 분이었다. 향이 좋아진다는 말씀엔 동의. 그러나 과일이나 잎은 서리를 맞으면 생장이 멈추고 떨켜의 작동에 의해 떨어지기 마련이거늘, 더 커진다니.

나는 확인을 하고 싶어 2019년 그 나무에 달린 두 개의 모과를 상대로 서리 내리기 전후에 자를 갖고 재어보았다. 하나는 10센티미터가 13센티미터로, 또 하나는 12센티미터가 13.5센티미터로 커진 결과를 얻었다. 과연 말씀대로였다. 길이 이상으로 부피는 물론 더 커졌다. 나의 지식은 겨우 식물학 언저리를 맴돌고 있음을 자인해야 했다. 그 후 백과사전의 추종자에서 벗어났다.

스승은 수확한 모과와 접붙여 키운 묘목을 나눠주셨다. 잘 심어서 10년 후에는 모과품평회를 하자고 하셨다. 나는 심을 곳이 마땅찮아서 다른

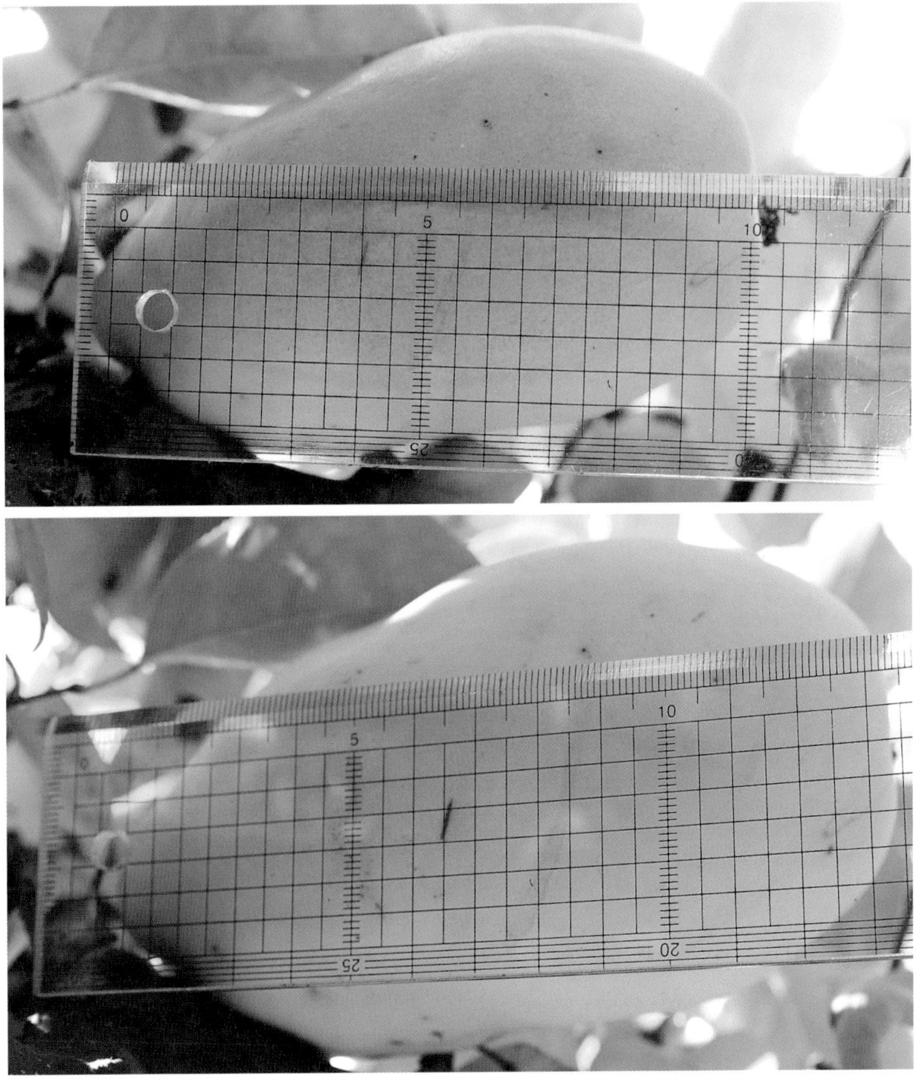

◆◆◆

↑ 서리 내린 후에도 모과가 성장한다는 스승의 말을 검증하려고 한남동의 자택 정원에서 지켜보았다. 한 달 만에 3센티미터가량 커졌다.
(위) 2019.10.18, 10센티미터 (아래) 2019.11.19, 13센티미터

분에게 주었다. 동료 한 분이 함양으로 귀향해서 농장의 마당 한쪽에 제법 크게 키운 나무를 보고, 한 스승 아래라도 제자는 이토록 다름을 깨달았다. 이젠 돌아가셔서 품평회는 하지 못하게 되었지만, 그 추억은 잊을 수가 없다.

나무는 거의 직립으로 하늘을 향해 뻗는다. 기세를 놔두면 모과 따기에 고생해야 한다. 애써 벌려놔도 새로 돋는 도장지는 역시 직립으로 자란다. 수피 안쪽에 위치한 생장점을 타고 오르는 수분이 밖으로 배어 나와서 오래된 줄기 밑동의 껍질은 듬성듬성 벗겨진다. 기하학적 문양으로 겉을 치장한 밀리터리 룩은 아름다워서 그것을 관상하기 위한 목적도 추가되니 사과·복숭아나무는 저리 가라다.

다정도 병이런가, 수분이 많아 자주 번개를 맞는다. 나신을 타고 내려온 고통을 이 악물고 참아내다가 옹두리가 불쑥불쑥 솟았다. 사천왕의 볼따구니 눈망울처럼 툭 불거진 혹부리. 안으로, 안으로 곰삭다가 참지 못해 서릿발에 토한 울분일까.

그토록 조롱을 당해도 인간의 세계에 머물러 있게 된 비기는 역시 향이었다.

모과를 빗댄 말 중 괜찮은 속담이 하나 있다.

탱자는 매끈해도 거지의 손에서 놀고
모과는 얽어도 선비의 손에서 논다.

풍류를 즐기는 선비의 문갑 위를 숭굴숭굴 차지했다는 뜻이렷다.

은은하고 그윽한 향은 마음을 가다듬고 조용히 책장을 넘겨볼 여유를 주고 심신을 편안하게 해준다. 레몬이 강렬한 젊음이라면, 모과는 원숙한 중년의 향이라고 할까. 사람들의 뒤틀린 심사를 스르륵 풀어헤치는 능력

이 출중한 아로마다.

아름다운 꽃에 비해 열매가 못생겨서, 그러나 향기가 매우 좋아서, 그런데 먹을 수가 없어서 세 번 놀란다는 얘기는 모과가 가진 반전의 매력인데, 중심은 향이다.

그 향의 정체가 궁금하다. 가녀린 분홍 꽃잎 한 장, 흠뻑 적신 빗물, 그리고 스쳐간 햇빛과 거센 바람, 간밤의 폭풍우와 지축을 흔든 천둥을 버무려

◆◆◆

↑ 밀리터리 문양의 수피는 그가 지닌 또 하나의 아름다움이다.

향낭에 담은 것일까.

존재보다는 소유가 압도적으로 우세를 이루는 현대의 인간들에게 얘기하고픈 무언가가 있을 것 같으니, 귀 기울여 볼 일이다.

잘나도 내 형상, 못나도 내 형상

우주만유에 처처불상處處佛像이라면서……, 못생겼다고?

인간의 언어는 그렇게 싱겁고 쓸모없을 때가 많다.

얼굴은 '얼꼴'에서 유래했다고 한다. 얼의 꼴, 곧 영혼의 모습이다. 그래서 '감출 수 없는 내면의 지도'이며 '잘나도 내 형상, 못나도 내 형상'이다.

신영복은 《담론》에서 아름다움의 반대말은 '모름다움'이란다. 즉 아름다움은 '알다', '깨닫다'는 뜻이며, 앎으로써 생명의 위상을 새롭게 발견하게 된다고 한다.

그동안 당해왔던 무시가 모름으로 인함이었으니 이젠 모과의 얼꼴을 제대로 바라보자. 못생겼다는 말, 아직도 고집하겠는가.

세상의 모든 나무는 결코 자신의 삶을 다른 나무와 비교하지 않는다. 저마다의 개성과 적응으로 빛나는 순간을 위해 살아가며 좌절하거나 포기하지 않는다. 자기 존중이 '자존'이라면 세상의 푸나무는 엄청 자존감 강한 생명들이다.

평범한 하루의 낮과 밤이 농축하여 만들어낸 특별함을 품으로 간직한 멋과 향. 그 향을 모아 올 가을엔 따스한 모과차 한 잔씩 건네야겠다. 향기로운 세상을 위해, 건배!

ES OEFFNEN SICH AM VORMITTAG · ES SCHLIESSEN SICH AM NACHMITTAG ·
12
1
2
3
4
5
6
7
8
9
10
11

네 가지 꽃

하루의 의미

린네의 꽃시계

꽃은 저마다 피는 시간이 다르다.

며칠 동안 화려함을 자랑하는 것도 있고, 몇 시간만 얼굴을 드러내는 것도 있다.

스웨덴의 식물학자 칼 린네는 웁살라 식물원에 70여 종의 꽃을 심어놓고 몇 년에 걸쳐 관찰한 결과 저마다 일정한 시간에 꽃잎을 연다는 사실을 발견했다. 이를 바탕으로 시간대별 꽃시계를 설계했다.

이 얼마나 멋진 구상인가.

원형 화단의 꽃시계는 오늘날에도 공원이나 축제의 마당에서 한몫하는 오브제로 활용되고 있으니 말이다.

우리 주변에 한여름에 피는 꽃 중 의외로 시간을 나타내는 이름을 가진 꽃들이 있다.

나팔꽃과 채송화, 분꽃과 달맞이꽃을 이어보니 하루다.

◆◆◆

↖ 하루 중 개화의 시간대가 다른 점에 착안하여 린네가 만든 꽃시계

새벽에 피는 나팔꽃 (Morning Glory)

나팔꽃의 영어 일반명은 Morning Glory, 아침의 영광이다.

꽃말인 '기쁜 소식'과 절묘한 짝을 이룬다.

막 세수를 마친 미소로 논밭에 나가시는 촌노와 '굿모닝!' 첫인사를 나누던 꽃이다. 어릴 적 나무 울타리를 타고 올라 이슬 맞고 피어있는 보라색 나팔꽃을 보며 여름방학이 끝나 감을 짐작하곤 했다.

나팔꽃은 해진 후 꽃망울이 열리기 시작하여 가장 고요한 새벽 4시쯤 핀다.

성에 갇힌 남편이 보고 싶어 담을 타고 올라갔다는 전설이 아련한 나팔 덩굴은 서서히 일어나는 동녘의 기운을 받아 중력을 거스르며 하늘로 향해 팔을 뻗친다.

역설적이게도 나팔꽃을 피우는 힘은 햇빛이 아니라 어둠이다. 그래서 고난을 이긴 꽃으로 여긴다.

아침의 기쁜 소식을 전해주는 천사장의 나팔소리로 천지는 밝아온다.

시인은 노래한다.

이슬 젖어 창 앞에 청초히 찾아오니, 묻노니,
아가씨는 달에서 온 선녀인가?

◆◆◆
↑ 나팔꽃이 둥근잎유홍초와 나란히 피어 아침인사를 나누는 듯하다.

11시에 피는 채송화 (菜松花, Eleven O'clock Flower)

나팔꽃이 꽃잎을 접으면 채송화가 핀다. 11시경 핀다고 하여 붙여진 이름이다.

방글라데시에서는 Time Flower, 인도에서는 9시 꽃, 베트남에선 10시 꽃이라고 하는데 일출의 시간차를 반영한 듯하다.

어려서부터 익히 보아온 탓에 우리 꽃인가 싶으나 뜨거운 남미가 원산지다. 한여름 뙤약볕에 피어나 오후 2시가 되면 꽃잎을 닫는다.

길어야 서너 시간의 수명. 그래서 꽃말이 '가련'일까?

한여름의 작열하는 햇빛을 견디기 위해 잎 안에 수분을 잔뜩 머금고 있다. 솔잎처럼 잎이 툭툭한 다육이다. 그래서 채송화菜松花다.

꽃은 장미처럼 아름답다. 허리를 숙여야 제대로 보여서 '땅꽃'이라고도 했다.

주택가 담장 아래서 봉숭아와 단짝을 이뤄 핀 꽃에 한동안 정신이 팔렸다.

너무도 오래 꿇어 앉아있었나, 그 아름다움에 당찬 내 눈빛 이미 허물어졌다. 현기증 올라오며 옛 노래 아스라이 들려온다.

아빠하고 나하고 만든 꽃밭에 채송화도 봉숭아도 한창입니다.
아빠가 매어놓은 새끼줄 따라 나팔꽃도 어울리게 피었습니다.

누구보다 강렬하게 한순간을 살다 가지만 결코 허망한 시간을 보내지 않는다.

유혹을 이기지 못한 벌들이 분주히 오갔다. 씨는 캡슐 안에 보관한다. 영글면 뚜껑을 열어 보석같이 반짝이는 씨앗을 튕긴다.

농부가 낮잠에 취한 햇살 부신 대낮에 꽃잎을 접기야 하지만 누구보다 강렬하게 살았다. 그 시간을 잇는 또 다른 주자가 안으로 햇살을 머금고 대기한다.

오후 4시에 피는 분꽃 (粉꽃, Four o'clock flower)

단 낮잠에서 일어난 농부가 다시 밀짚모자 쓰고 어깨에 삽 걸치고 논밭 둘러보러 나갈 때 피기 시작하는 분꽃.

일단 개화를 시작하면 그 속도가 빠른 편이다.

남미의 안데스산맥에서 이 땅까지 날아와 정착한 여름 꽃이다. 다음날 오전에 진다. 4~5시경에 분주히 꽃을 피운다.

이 꽃이 피고 나면 곧 해가 사위어질 것이므로 어머니들은 딸에게 쌀을 안치라고 했다. 일터에서 돌아와 곧 밥을 지어야 하기 때문이다. 더위에 흘린 땀을 등목으로 씻어내고 마루에 앉아 저녁상을 마주할 때 앞마당 담 밑 오밀조밀한 갖은 색 분꽃이 피로를 달래 준다.

아즈텍 여인들이 그랬던 것처럼 우리 옛 여인들이 '분 바르던' 꽃이라 해서 분꽃이다. 씨앗 속은 하얀 분으로 가득하다. 이걸 모아 그은 얼굴을 치장했다.

봉숭아로 손톱에 물들이고, 분꽃 씨앗 가루로 미백을 하면 우리 엄마는 최상의 미인이 된다. 여자애들은 꽃목걸이 하며 놀기도 했다. 화단이나 장독대 옆에 맨드라미, 채송화, 봉선화, 나팔꽃과 함께 세트를 이루던 꽃이다.

분꽃은 특이한 생태 특성이 있다.

멘델의 유전의 법칙이 적용되지 않는다. 우열의 법칙이나 분리, 또는 독립의 법칙에서 벗어난다. 불완전 유전인 중간유전을 한다.

그래서 한줄기에서도 다른 색이 핀다. 자유분방하게 색이 섞이므로 짐작이 어렵다.

분꽃의 눈뜸이 사람의 잠자는 시간과 상반됨은 별을 흉내 내고자 함이었을까?

별은 하늘의 꽃, 분꽃은 땅 위의 별.

별과 꽃이 하나임은 태초의 약속이었을지도 모른다.

저녁에 피는 달맞이꽃 (月見草, Evening Primrose)

'기다림'이 꽃말인 달맞이꽃은 저녁을 마친 노곤한 농부가 등 눕히는 밤에 핀다. 한여름엔 8시경에 개화를 시작한다. 남미 칠레가 원산인데, 해방 무렵에 많이 퍼졌다 하여 '해방초'라 불렀다.

달 없는 그믐에도 행여, 달이 나올까 기다리며 외로이 꽃을 피운다는 '달맞이꽃'.

서양 이름보다 훨씬 아름답다. 너무 흔해 화단으로 옮겨지는 영광을 얻지는 못해도 사람의 마을 주변에서 아름다운 월하향月下香을 내뿜는 것이 기특하다.

저녁이 되며 아침이 되니 이는 넷째 날이라.

'하루'의 창조가 달맞이꽃의 피고 지는 시간과 어쩜 그리도 똑같을까.

함유된 감마리놀렌산은 모유에만 있는 성분이라니 정말 창조와 관련된 것일까?

한여름 밤, 들녘에선 여기저기 꽃 터지는 소리로 시끄럽다. 순간 개화를 한다. 깜짝 놀랄 정도로 '뻑' 하고 터진다. 모기에게 피를 보시할 인내가 없

으면 그 순간을 맞이할 수 없다. 강권한다. 생명의 소리를 들어보시라.

온 겨울을 푸르게 버티어낸 생명력은 가히 타 식물을 능가한다.

그렇게 느긋할 수 있을까? 보통의 로제트 식물이 봄에 서둘러 꽃을 피우지만 달맞이꽃은 기다림의 시간이 길다. 6월 말이 되어서야 피기 시작하고 늦가을까지 핀다.

보통 한줄기에서 하루에 피우는 수효는 고작 2~3개, 대신 오랫동안 피고 진다. 가을이 깊어지면 기온이 낮아지고 햇살이 짧아지기에 이 규칙이 무시된다. 그간 유지하던 차분함을 포기하고 가지를 내고 꽃을 마구 피워댄다. 무게를 못 이겨 쓰러지면서도 마지막 남은 힘을 불태운다.

그런 중에도 등줄기를 곧추세워 하늘을 향해 꽃을 피워 올리는 절제와 품위는 본받을만하다.

'오늘, 하루'의 의미

나팔꽃-채송화-분꽃-달맞이꽃으로 이어진 '하루'라는 시간 속에서 '오늘'의 의미를 생각해 본다.

카르페디엠carpe diem. 오늘을 즐겨라.

영화 〈죽은 시인의 사회〉에서 나온 대사로 유명하다.

시간은 하늘과 땅의 결합으로 생겨났다.

켜켜이 쌓인 시간이 역사를 만들고 축적된 힘으로 변화를 이끈다.

4차원으로 인식되는 시간은 개념상 이전보다 빨라진 듯하다. 보름달 뜰 때쯤 물레방앗간에서 만나자던 약속 따윈 이제 문장 속에서나 존재할 뿐이다.

분명한 것은 '오늘'은 우리가 어제 그토록 기다리던 날이고 내일의 과거라는 것이다. 천년이 응축된 하루를 살 수도 있고, 멍 때리며 지내는 시간이 때론 가치가 있다. 의미가 부여된 카이로스Kairos의 시간이면 된다.

내게 주어진 약속의 시간은 따로 없다. 그토록 기다리던 오늘이 마지막일 수도 있다.

'시간의 의미'를 '의미의 시간'으로 태엽을 감으면서 희망의 오르골을 연주하는 하루가 되길…….

오늘, 꽃을 보며 생각한다.

사진기자가 발로 쓴 주변 식물의 생태·인문학적 숲해설

세이버링으로 음미한

숲은 맛있다

초판1쇄 발행일 2023년 7월 31일
초판2쇄 발행일 2023년 8월 10일

지은이 이범석

발행인 이경현
발행처 (주)천원사
신고번호 제302-1961-000002호
주소 서울시 용산구 청파로 63길 3(청파동1가)
대표전화 02-701-0110
팩스 02-701-1991

정가 18,000원

ISBN 978-89-7132-905-4 03800

• 청파랑은 (주)천원사의 출판브랜드입니다.